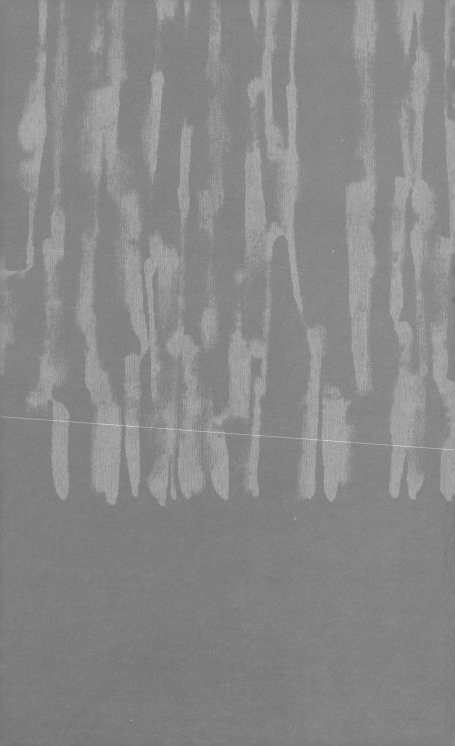

書香零零

范用 著

生活·讀書·新知 三联书店

Copyright © 2020 by SDX Joint Publishing Company.
All Rights Reserved.
本作品版权由生活·读书·新知三联书店所有。
未经许可,不得翻印。

图书在版编目(CIP)数据

书香处处/范用著.—北京:生活·读书·新知三联书店,2020.6 (2021.5重印)
(三联精选)
ISBN 978-7-108-06792-0

Ⅰ.①书… Ⅱ.①范… Ⅲ.①散文集-中国-当代
Ⅳ.①I267

中国版本图书馆CIP数据核字(2020)第022348号

特邀编辑	汪家明
责任编辑	崔 萌
装帧设计	薛 宇
责任校对	曹忠苓
责任印制	董 欢
出版发行	生活·讀書·新知 三联书店
	(北京市东城区美术馆东街22号 100010)
网 址	www.sdxjpc.com
经 销	新华书店
印 刷	北京隆昌伟业印刷有限公司
版 次	2020年6月北京第1版
	2021年5月北京第2次印刷
开 本	850毫米×1168毫米 1/32 印张9.375
字 数	170千字 图13幅
印 数	5,001-8,000册
定 价	35.00元

(印装查询:01064002715;邮购查询:01084010542)

出版说明

范用(1923—2010),出版家、书籍设计艺术家。1938年进入读书生活出版社工作,自此与三联书店结缘,曾任读书出版社桂林、重庆分社经理。1949年后,曾任人民出版社副社长、生活·读书·新知三联书店总经理,策划、出版了《傅雷家书》《随想录》《牛棚日记》《干校六记》等图书,参与创办了《读书》《新华文摘》等杂志。他对书的理解、他的编辑理念至今依然润物细无声地影响着中国读书人和出版人。

本书文章主要选自《我爱穆源》《泥土脚印》《泥土脚印续编》。全书以"爱书人""出版人""三联人"为主要线索,勾勒出范用为书籍快乐而神奇的一生:前三部分是关于范用从小爱书、读书、编书,进入读书生活出版社后的过往;第四、五部分是范用与书友、师友的交往;第六部分是范用自己的"书时光"——多是为他所著、所编、所爱图书写的序言。

明年是范用先生逝世十周年，谨将这本小书收入新编"三联精选"，也是对他的一个纪念。

生活·讀書·新知 三联书店
2019 年 9 月

目录
Contents

我这个人 1

最初的梦 7

柴炭巷 16

父 亲 20

老 家 23

书 店 25

买书结缘 28

做贺年片 34

邂 逅 36

为了读书 44

沙老师 49

一个小学生的怀念 58

第一本书 65

难忘一九三八 71

重庆琐忆 75

给毛主席买书 80

迎接上海解放的日子 82

回忆上海读书生活出版社　86

在"孤岛"上海出版的三部名著　92

五十年前　98

我与蒋介石　101

办杂志起家　106

《读书》三百期　112

从《新华文萃》到《新华文摘》　117

记筹办《生活》半月刊　120

《傅雷家书》的出版　126

忘不了愈之先生　131

"不朽之光荣"——缅怀公朴先生　136

恩师洛峰　139

永远怀念雪寒先生　143

过早的凋谢——衷仲民　145

怀念风夏　151

他们舍身在黎明前　154

相约在书店　159

我与丁聪　164

几件往事　167

自得其乐　173

子夜惊魂　178

曾祺诗笺　183

漫画家与范用　188

漫画家的赠书赠画　191

书香处处　197

我的读书观　201

衡宇相望成梦忆——怀念一氓先生　203

怀念书友家英　209

怀念胡绳　216

心里一片宁静——给宝权兄　222

郑超麟及其回忆录　233

苦乐本相通　生涯似梦中

　　——悼祖光忆凤霞　236

《天蓝的生活》的归来

　　——怀念罗荪先生　241

关于《莎士比亚画册》　244

《买书琐记》前言　247

《爱看书的广告》编者的话　249

《叶雨书衣》自序　251

谈文学书籍装帧和插图　255

书话集装帧——致秀州书局　258

关于书籍设计的通信　262

《水》之歌　264

"大雁"之歌　268

《时代漫画》选印本前言　277

"我热爱中国"

　　——《西行漫记》重印本前言　280

"漂亮小玩意儿"

　　——《我的藏书票之旅》代序　284

风景这边独好

　　——钟芳玲的《书店风景》　288

我这个人

我的历史，说起来很简单。我出生在一个小商人家庭，独生子，十四岁以前娇生惯养，十五岁离家自食其力，十六岁参加中国共产党，一辈子做出版工作，六十四岁退休。

在家里，对我最有影响的两个人，是外婆和父亲。

外婆是个能干人，遇事有主见，有魄力；在那个时代，像她这样的妇女不多见。她年轻时，跟着外公到镇江，先在洋浮桥开豆腐坊，以后又开酒店、染坊，最后在西门大街开了爿百货店，还有几部缝纫机，做洋服、学生装。如果是现在，她就是很会做生意的个体户，有点像日本电视剧里的阿信。

她爱交朋友，从银楼、酱园、自来水厂老板，到茶楼跑堂、锡箔庄师傅、卖菜的、倒马桶的、讨饭的，都有她的朋友。

我的父亲正好相反，没本事，没主意，从小到镇江当学徒，外婆看他人老实，要他做上门女婿，又把百货店交给他，让他当老板。可是他不会做生意，年年亏本，把本钱蚀光了，欠了不少债。他觉得对不起外婆，两次自杀未成，一九三六年一病不起，给他看病的名医叶子丹大夫对我说："你爸爸是急死的。"

几十年后,看电影《林家铺子》,它把我带回到范家铺子。不同的是,林老板出门躲债,我父亲躲不了债,死了。他一死,债主拍卖了范家铺子。

外婆和父亲,两个人的性格完全相反,外婆很坚强,没有见她叹过气;父亲却非常软弱,成年唉声叹气,没有见他脸上有过笑容。后来我在困难的时候、倒霉的时候,就会想起外婆,我要做一个坚强的人。我也有软弱的一面,怕出头,老是躲这个防那个,就像父亲躲债一样。现在大概生活好了,怕失去什么,有包袱,不像年轻时毫无顾虑。

母亲对我可以说没有什么影响,是个旧式家庭妇女,一个阿弥陀佛求菩萨保佑的人。她打年轻时候起,守了三十几年寡,一九六九年死的时候,身边没有一个亲人,我做儿子的总觉得欠她什么。我一生只对她说过一次谎,那一年去干校没有告诉她,只说出差去了,就此永别。

死了父亲,家里破了产,一家人生活成了问题。我开始尝到被人瞧不起的滋味,上了人生的第一课,知道了什么叫"势利眼"。

第二年我小学毕业,外婆说借债也要上学,她就是什么都要争口气。好不容易凑钱把我送进了省立镇江中学,开学不到两个月,日本人打来了,学校解散,学费全丢了。从此,我再也没有上过学,以后做事填表,一直写的是"小学毕业",为了好看一点,有时就写"中学肄业"。要是现在,我是没资格进出版社大门的。一九三七年十月底,外婆给我八块银圆,让我出外逃难,我到汉口找到舅公,没想到三个月后他也病死了,吃饭又成了问题。

舅公做事的书局,二楼租给一家出版社办公,就是读书生活出版社,我每天都到这个出版社玩,跟那里的先生们混得很熟,尤其是几个青年人,像大哥哥一样待我。出版社经理黄洛峰先生看我手脚灵活,收下我当练习生,我有了一个饭碗,说不出地高兴。当时我不知道这个出版社是共产党领导的,只觉得这里非常自由,人人平等相待。我常常一面做事一面唱歌,唱得同事孙家林先生求我:"小老子,你不要唱好不好!"你看,够淘气吧。我第一次领到八块钱薪水,真想交给外婆和妈妈!

在出版社,起先我做收发工作,每天收信、寄信、送货,给几千个订户寄杂志——党的公开刊物《群众》周刊。我的字不好,七歪八倒。黄先生订了个本子亲自教我练字、学写信。解放后我才知道黄先生是一九二七年入党的老党员。打算盘是跟新知书店的一位华应申先生学的,他也是老党员。就这样,边干边学,我在读书生活出版社工作了十一年,学习了十一年,算是有了点办事能力。出版社就是我的家,出版社就是我的学校。

一九三九年到一九四六年,我在重庆、桂林工作,出版社所有工作我都干过：打包、送信、杂务、邮购、批发、门市、会计、出版、编辑。有时我还设计书的封面。没有人叫我干，是个人爱好自己干的。我喜欢把书印得像样一些，打扮得漂亮一点。一九六六年"文化大革命"期间，我在人民出版社又学会打扫修理厕所、烧锅炉，也有用处，后来家里这两样活归我，挺顺手。

一九三八年春天，出版社同事赵子诚（又名刘大明）介绍我参加中国共产党，一九三九年秘密宣誓的时候，生活书店的华风夏监誓，后来他去延安参加党的第七次代表大会，回来路过成都被捕牺牲。他是一个好党员，我永不忘记他给我监誓，更不会忘记自己的誓词。

抗日战争胜利后，一九四六年我被调到上海工作。不久，全面内战爆发，出版社不能公开活动，转入地下，同事有的进入解放区，有的转移到香港。我和几个同志留在上海，除了出版社的工作，党还给了一些别的任务，为解放接收上海做准备。

一九四九年五月，上海解放，再也不用东躲西藏，我被调到军管会工作，穿上了军装。我高高兴兴到镇江看望外婆和妈妈，穿着这套军装同她们照了张相。她们一生只照了这张相，它一直挂在我的床头。八月，我调到北京工作，一直到退休。

就这样，我做了五十年出版工作，虽然是平凡的工作，却是有意义的工作。我们有明确的目标：过去是为了推翻压在中

1949年回家探望外婆、母亲

国人民身上的三座大山，现在是为了振兴中华，也为了我们的子孙后代能够生活在一个理想的幸福的社会。我热爱这份工作，看重这份工作。倘若问我：你的乐趣是什么？我说：是把一部稿子印成漂亮的书送到作者、读者的手中，使他们感到满意。

我最大的毛病是性子急，脾气不好，常常得罪人。如果说我有什么长处，我想，做事勤快、为人坦直，可以算两条。我厌恶说假话（对敌人、坏人、不可靠的人，不能讲真话），厌恶势利眼。我唯一的爱好是看书看报，一天不看，难过得要命，这大概跟我干出版这一行有关。此外，我还喜欢唱歌，听音乐，是个"漫画迷",还喜欢游泳,喜欢交朋友,跟年长的人在一起,我可以学到不少东西,跟年轻人在一起,我这个老年人也年轻了。

我的老伴是我年轻时的同事,没有媒人,没有花一分钱,自己结的婚,生了一男一女,如今又有了孙女、外孙女。如果我还能再活几年,说不定做太爷爷。

一九九二年十一月

最初的梦

成为养老金领取者,终于闲了下来。没事东想西想,想得最多的,是童年的日子。从能够记事到现在,七十多年了,童年的事情,还很清楚。唯有童年,才是我的圣洁之地,白纸一张,尚未污染,最可怀念。

甚至还想到老地方看看。一九三七年十二月,日本人打来,疯狂烧杀,我的家烧得精光,那地方早就变了样,可是留在记忆中的,永远变不了,永远不会消失。

那地方,在长江下游,民国十几年,算得上是个像样的城市,有名的水陆码头。

从那里坐火车,可以东到上海,西到南京。江里来往的,有大轮船、小火轮,更多的是大大小小的帆船。

城里有条河通往长江,跟河道平行的是条街,两边全是店铺。挨着河的房屋,从窗户可以往河里倒脏水,倒烂菜叶子,河水总是脏兮兮的,有时还漂浮着死猫,一到夏天,散发出一股味道。可是一到夜晚,住在附近的人热得睡不着,愿意到桥上乘凉,聊天。迎着桥的日新街,酒楼旅馆,妓女清唱,夜晚比白天还热闹。

这座桥叫洋浮桥,北伐以前,往东不远是租界,大概桥的式样不同于老式的,所以有了这么个名字。十几年前,舒告诉我,他的老太爷在租界里的海关当过"监督",谈起来,江边一带他很熟悉。

我家只有四口人,除了死掉的姐姐,就是外婆、爸爸、妈妈跟我,我很寂寞;到现在,我想起来还有一种孤独感。

外婆原先在洋浮桥边开豆腐坊,挣了钱,开起百货店,她是老板,爸爸是招女婿,用现在的说法,当经理。

我不喜欢在店里玩,一点不好玩,成天的得得打算盘,买东西讨价还价,烦死人。姑娘们买双洋袜要挑拣半天,说话尖声尖气,我有点怕她们。

那时候,我已经认字,认方块字,拿红纸裁成一小块一小块,用毛笔写上"人""天""大""小"……后来从书局买来成盒的方块字,彩色印的,背面有画儿,好看,我很喜欢。红纸做的方块字送给隔壁的小丫头牙宝,她死要漂亮,学大人涂胭脂,吐点口水在红纸上抹在嘴唇上,血红血红的,好怕人。人家说牙宝长大了做我的堂客,我才不要哩。

后来,上私塾念《三字经》《百家姓》,日子过得很刻板,更加寂寞,只好自己找乐趣,我用好奇的充满稚气的眼光寻找乐趣。

我觉得最好的去处，是对门的那家小印刷铺。铺子不大，在我看起来却很神气，因为店里有两部印刷机，一部大的，一部小的，大的叫"对开架子"，小的叫"圆盘"，是后来到汉口进出版社当练习生跑印刷厂才知道。

印刷机就放在店堂里，在街上看得见，常有过路的乡下人站在门口看机器印东西，看得发呆。圆盘转动的时候会发出清脆的响声，"kelanglanglang kelanglanglang"，蛮好听。三伏天，狗都不想动，街上静悄悄，只听见印刷机的声音。

我每天都到印刷铺子里玩，看一张张白纸，从机器这头吃进去，那头吐出来，上面就印满了字。看工人用刮刀在圆盘上调油墨，绿的跟黄的掺在一起，变成草绿色，红的跟白的掺在一起，变成粉红色。我很想调调，当然不许，碰都不准碰。

后来，上小学了，我有了一盒马头牌水彩颜料，于是大调特调，随我怎么调都可以，开心极了。

我把涂满颜色的纸贴在墙上，自己欣赏。说不定抽象艺术，这个主义那个主义的艺术家，就是这么产生的。

印刷铺有个小排字间，五六个字架，一张案桌。排字工人左手拿个狭长的铜盘，夹张稿子，右手从字架上拣字，他们叫"撮毛坯"。奇怪的是，他不看字架，好像手指有眼睛，能够找到字，而且拣得飞快。我问他拿错了怎么办，他说"不关我的事"，原来另外有个戴眼镜的老师傅专门对字。

上小学的时候,有个姓庄的同乡的哥哥在一家报馆当排字工人,我常到排字间玩,跟他做了朋友。我看他一天拣下来累得很,他教我唱一首歌:"做了八点钟,又做八点钟,还有八点钟:吃饭,睡觉,撒尿,出恭。机器咚咚咚,耳朵嗡嗡嗡,脑壳轰轰轰,再拿稿子来,操他的祖宗。"原来排字不是好玩的,很苦。

印刷铺地上丢着印坏的纸片,上面有画儿的,我就拣几张。用红纸绿纸印的电影说明书,我也拣。我认不得那么多的字,有人喜欢看说明书,我可以送给他,这也是一种乐趣。

我还拣地上的铅字,拣到拼花边用的五角星啊,小花儿啊,更开心。这不算偷,他们让我拣,不在乎这几个铅字。排字工人还从字架上拣了"伏""星"两个头号字送我,伏星是我的小名。

我把拣来的铅字、花边,拼起来用线扎好,在店里的印泥缸里蘸上印泥,盖在一张张纸上送人,尽管拼不成一句话,却是我印的。

我把印有"伏星"两个字的贴在墙上,东一张,西一张,到处是伏星,好像仁丹广告。

在这条街上,还有家石印铺,我也常常去玩。印的是广告、京戏院的戏单,字很大。我看老师傅怎样把稿子上的字搬到石头上,还用毛笔细细描改,挺有看头。就是始终不晓得为什么石头是平面的,不像铅字,用油墨滚一下就能印出字来,很奇怪。

那时候，傍晚街上有唱新闻的，边唱边卖："小小无锡景啊，唱把那诸公听……"唱词也是用颜色纸石印的，两个铜板一张。我买了不少张，攒起来借给人看。

还有一种石印的小唱本，叫作七字语，就是弹词，唱本封面上有图画，花前月下公子小姐，两三个铜板一本。

我看的第一本书，是在家里阁楼上放杂物的网篮里找到的一本《新学制国文》第一册，爸爸念过的课本，油光纸印刷线装，有字有图。第一课的课文是："夕阳西下，炊烟四起，三五童子，放学归来。"画上远处有两间小茅屋，烟囱在冒烟，还有柳树、飞鸟，两个背着书包的学童，走在田埂上，水田里有头拉犁的牛。这本课本，我看了好多遍，有的课文都背得出来。

八岁那年，不再上私塾，改上学堂，从此，看的书就多了，除了印得很好看的课本，还在图书室里看到《小朋友》《儿童世界》《新少年》这些杂志。到高年级，有两位老师给我看了不少文学刊物，韬奋编的《大众生活》《生活星期刊》也看到了。

打这个时候起，我成了不折不扣的书迷。我找到了新的天地。我觉得，没有比书更可爱的东西了，书成了我的"通灵宝玉"。

不幸的是，小学快毕业，爸爸死了，外婆和妈妈没有钱供我继续升学，打算送我到一家宁波同乡开的银楼学手艺。我想来想去，要求当印刷徒工，因为我看了《新少年》杂志登的茅盾的小说《少年印刷工》，那个叫元生的，姑父劝他去当印刷工，说排字这一种职业，刚好需要读过小学的人去学，而且到底是接近书本子，从前学的那一点也不至于抛荒。一本书，先要排成了版然后再印，排字工人可以说是最先读到那部书的人。当印刷工人，一面学习生活技能，一面又可以满足求知欲。还说，说不定将来也开一个印刷铺。

元生听了以后，晚上确也做了一个梦，但不是开印刷铺子，而是坐在印刷机旁边读了许多书。

我也想做这个梦。不过后来外婆还是借了钱让我考中学。

我不仅是书迷，还热衷于出"号外"，出刊物，我不知道什么编辑、出版、发行，一个人干，唱独角戏。

十岁那年，"一·二八"日本鬼子在上海开仗。那时候，中国人连小孩子都晓得要抗日，打东洋鬼子。我早就知道"五三惨案"，日本人在山东杀了蔡公时，挖掉他的眼睛。知道日本人占了东三省，像大桑叶的地图从此缺了一大块。上海打仗，人人都关心十九路军打得怎样了。每天下午三四点钟，街上叫卖号外。我把人家看过的号外讨来，用小张纸把号外的大标题抄写五六份，送给人家看，不要钱。到现在我还记得写过"天通庵""温藻浜"这些地名，还有那不怕死的汽车司机"胡阿毛"。

号外尽是好消息，"歼敌三百""我军固守"……看了，晚饭都要多喝一碗粥。

我送给想看号外又想省两个铜板的人（两个铜板可以买个

烧饼），像茶水炉（上海叫"老虎灶"）的老师傅、剃头店老板、救火会看门的、刻字铺先生，都是这条街上的，他们挺高兴。

妈妈又生气又好笑，说："这小伢子送号外，晚饭都不想吃了。"她不知道我抄号外要多长时间，抄错了还要重写。

小学五六年级，我编过一份叫作《大家看》的手抄刊物，材料来源是韬奋编的《生活星期刊》"据说"这一栏和《新少年》杂志"少年阅报室"这一栏。比如，停在镇江的日本军舰的水兵时常登陆"游览"拍照、画地图，警察不仅不敢得罪，不干涉，还要保护，真是岂有此理！又比如，湖北有个地方，穷人卖儿卖女，两三岁的男孩，三块钱一个；七八岁的女孩，顶高的价钱是六块钱；十五六岁以上"看货论价"。我要让小朋友们知道有这样丢人的事情、这样悲惨的事情。刊物每期还抄一首陶行知作的诗歌，像："小孩，小孩，小孩来！几文钱，擦双皮鞋？喊一个小孩，六个小孩来，把一双脚儿围住，抢着擦皮鞋。"谁读了心里都很难过，都会想一想为什么。我的同学，就有家里很穷的，说不定将来也要擦皮鞋。我还是个漫画迷，办了个漫画刊物《我们的漫画》，买张图画纸，折成课本那样大小，用铁丝骑马钉，从报纸、杂志选一些漫画，描在这本刊物上。原来黑白线条，我用蜡笔、水彩、粉画笔着上颜色，更加好看，在同学之间传阅。小朋友说"滑稽得很""好看得很"，他们还不懂得什么叫讽刺，只是觉得夸张的形象有趣，最爱看黄尧画的《牛鼻子》。

这本手工漫画刊物一共"出版"了九期,最后一期,是在"八一三"以后出的,封面是"蒋委员长"的漫画头像,那时他是领导抗战的。这件事,我从来没有坦白交代。如果让人知道,还了得。画也不错,给蒋介石戴上德国式的钢盔,好像是胡考的手笔。

暑假期间,请老师讲文学作品,我跟几个同学刻钢板,油印"活叶文选",印过夏衍的《包身工》、高尔基的《海燕》、周作人的《小河》、朱自清的《荷塘月色》。

那时候,书店里卖《开明活叶文选》,很便宜,很受欢迎,现在没有人做这种工作,为买不起书的读者着想。

就这样,我异想天开,抄抄摘摘,办起了"出版",自得其乐,其乐无穷。好在没有人告我侵害版权,请我吃官司。

一九三七年,抗战了,既没有去当学徒,也没有读成书,而是逃难去了。逃到汉口,进了读书生活出版社,有饭吃,有书读,不是在印刷机旁边读,而是在出版社读,真是天大的幸福!

在出版社,我还是有兴趣跑印刷厂,喜欢闻油墨气味,看工人排字、印书、装订。我跟工人做朋友,也跟印刷厂老板,甚至老板娘,老板的儿子女儿做朋友。上海大华印刷厂有位叫"咬断"(咬断脐带,鬼就拖不走了)的工人,印封面让我和他一起调油墨,调得我满意了才开印。解放以后,再也得不到这种乐趣。

跑印刷厂,多少学会一点拣字、拼版、改样的技术。一九四三年在重庆,我代楚云、冬垠编《学习生活》杂志,常常带着校样,来回跑二十多里路,到化龙桥新华日报印刷车间,跟工人一起拼版、改样子。我一直记得工人领班的名字,叫杨允庸,他为人可亲,十分耐心,校样怎么改都可以。前几年我还见到过他,和我一样,在过养老的日子。

柴炭巷

小时候，十岁以前，也就是七十年以前，我跟外婆住。外婆说，小孩子有火气，晚上睡觉给她焐脚。

外婆家在柴炭巷。说是巷子，其实是条小街，很热闹的小街。

小街并不长，它连接着西门大街（后来开辟为马路，叫大西路），那时候是镇江的商业街，好多铺子都开在这条街上。穿过柴炭巷，可以到镇扬班轮船码头，人来车往，熙熙攘攘。车是人推的小车（鸡公车）和人拉的黄包车。

小街的东头有个"众善救火会"，白天黑夜都敞开着大门，里面有两部水龙，一有火警，就由七八个人前拉后推奔向火场。平日，水龙和水枪都擦得雪亮，两壁还挂有长钩和斧子。二层楼顶有个望火台，哪里冒烟失火了，都能看到。救火队是由商店店员、小老板们组成的，平常他们是普普通通的人，一穿上救火衣、戴上铜盔，在我们小孩子眼里就变成了英雄，救起火来奋不顾身。小孩子最起劲的，是可以吹哨子，平日不准吹，救火可以大吹特吹。

那年代常常失火,原因是很多房子有板壁,烧饭用芦柴,一不小心就着火。外婆最害怕失火,哪里失火了,她就要念:"阿弥陀佛,菩萨保佑!"

救火会隔壁的天升茶楼,是最热闹的地方。大清早就有喝茶吃包子吃干丝的,都是街坊铺子的熟人。你想知道出了什么事情,有什么新闻,到茶馆坐坐就知道。午后清静一点,卖菜的卖完了菜,在这里歇脚,数铜板,点票子。到了晚上,茶馆又热闹起来,后街妓院的姑娘,在二楼清唱。那些十几岁的姑娘听说是从江北买来的,脸上涂着厚厚的脂粉,后面跟着一个老鸨,怪可怜的。我不敢看她们,可又想看她们。

柴炭巷里,我最感兴趣的地方,是裱画店和石印局。裱画店里有个红漆大案,裱画匠在上面用排刷细细地刷糨糊,一遍又一遍,然后揭起来贴在墙上,这时你就可以看那些画儿了,好像现在的画展。石印店叫"局",其实两开间门面,店堂里有两部石印机,两块大石头,用油墨辊子在上面滚几下,放上纸一压就印成了。印的不是商店的广告、包装纸,就是大舞台的京剧戏目。石印店门口有个刻字摊,刻字的是位戴老花眼镜的老先生。他见我站在那里看他刻字,会朝我笑一笑,挺和气。

石印店老板有个女儿,叫"牙宝",跟我一样大,我们常常在一起玩,人家就对我说:"伏星,牙宝大了做你的堂客吧！"堂客就是老婆。我一听赶快溜走。我不要堂客，我只要牙宝跟我玩。

外婆的家就在茶楼隔壁。早先，还没有邮局，外公在的时候，开明信局，给人家寄信送信，寄信是把信送到码头托船上的人带走，带到了给酒钱。外公早已不在，他用过的信插（一块蓝布有十几个小口袋，贴着写有地名的红纸条）一直挂在墙上，还有一个用过的印泥缸，也一直放在桌上。外婆常常一边吸水烟，一边看着信插和印泥缸，嘴里不知道说些什么，说给外公听的吧。

外婆做过黄酒生意，从绍兴贩运黄酒到镇江，除了成坛卖给开店铺的宁波人，还在家里零卖。没有招牌，来喝酒的多半是店铺里的师傅、手艺人，也都是宁波同乡。他们下了工就聚在这里聊家乡的事情，外婆炒年糕给他们吃。他们说外婆炒的年糕最好吃，我也爱吃，确实好吃。年糕是请人来家里做的。每年做年糕，热气腾腾，很热闹。先要用水泡米，然后磨成浆，用布袋吊起，等水淋尽了，蒸熟放在石臼里打，再用木板模子压出一条条的年糕。这些我年年见，闭起眼睛就能说得出来。

外婆开这个店开那个店，按说是有钱的人，可以享享福。她却天天忙于做饭，不仅全家人的饭，而且给店里的伙计做饭，春夏秋冬，一日三餐，总是围着灶台忙碌，过年过节更忙，很少生病。

解放以后,一九五〇年我把外婆和母亲接来北京,不久外婆死了。她的骨灰匣至今放在我的卧室里,跟母亲的放在一起,她的照片一直挂在我的床头。外婆!伏星又可以给你焐脚了,还在柴炭巷。

二〇〇一年一月

父　亲

我的父亲小名叫"阿毛"。宁波人叫阿毛的很多,大概是"毛头"转化的,毛头成了大人了,不好再叫毛头,改叫阿毛。

我十四岁那年,一九三六年,父亲一病不起,才三十几岁就死了。给他看病的宁波医生叶子丹告诉我,我爹是急死的。

父亲是招女婿,当过学徒。后来外婆用积蓄开广货店,也就是百货店,让父亲当老板。

父亲是老实人,不会做生意,连年亏本。他觉得对不起外婆,两次寻死,一次跳江,一次吞鸦片,都给救回来。

他总是愁眉苦脸、唉声叹气地过日子,以至天庭下两眉之间形成一个结,再也展不开。人说是"苦命相"。

他死的时候,在他贴身的口袋里找到一张当票,当的金表链,外婆送他的一块金表上的链子,他一直不敢告诉外婆。

他快要咽气的时候,我还在学校里,被叫回来。他看到我才闭上眼睛,他丢不下我,丢不下我的母亲和外婆。我的祖母,远在浙江的老人家,当然他也是丢不下的。

他的尸体停放在大房间里,半夜,我摸摸他的胸口,一点不害怕。我希望他的胸口还有热气，没有，一点也没有，冰凉冰凉。

他开铺子做生意十分规矩，真正是如店堂里挂的牌子上面写的："童叟无欺"。后街的姑娘（妓女）来买丝袜，选好了，他都要仔细检查，有跳线的就告诉姑娘这双有毛病，请她另选一双。跳线一般人是看不出的。

父亲念过私塾，也上过学堂。我在阁楼上翻到他小时候念过的《新学制国文》读本。第一课的课文是："夕阳西下，炊烟四起，三五童子，放学归来。"至今印象很深。

父亲先送我念私塾，塾师是一位长着银丝胡须的老先生，十分慈祥，摆在桌上的戒尺是做样子的，从未打过学生。

在私塾的时间不长，念完《三字经》《百家姓》，《论语》从"子曰：学而时习之"念到"子曰：巧言令色鲜矣仁"，就改上小学了。

父亲对我的学习督促甚严，每个月都要请塾师上茶馆吃茶，吃肴肉干丝包子，问塾师："小孩子学习好不好？"塾师总是说："好！好！好！"

只是有一桩事情我十分为难，塾师给我起的学名笔画太多，"鹤镛"两字共有四十一画，写起来太费劲。因此，后来我给女儿取名"范又"，"又"字连笔写一画就可以。

父亲粗通笔墨，会记账写信。我最高兴的是，父亲喜欢看小说,买李涵秋、张恨水的章回小说。我看小说可以说是受父亲的影响。

父亲跟我照过两次相,我周岁和十岁。照相一定要穿马褂。一岁那张我身上挂的锁片是照相馆用金粉涂上的。

老 家

我的父母都是浙江人,"阿拉宁波人"。宁波人都看得起自己,有本领在外面闯世界。

我的老家在镇海三北(现在属慈溪)范市。这是一个只有几十户人家的小村落,中国分省地图居然把它标出来,一个小圈点:"范市"。

我小时候,十岁左右,父亲曾经带一家人回老家探亲,看望年迈的祖母。先从镇江坐火车到上海,然后坐大轮船到宁波,再坐小火轮到镇海,又换坐脚划船就是乌篷船才到家。这是最愉快的旅行,一辈子忘不了。

最有趣的,在三北还坐过火车。三北出过一个人称"阿德哥"的上海"闻人"虞洽卿。他在三北伏龙山下修过一段铁路,三北人回乡,下了小火轮,坐上火车。这列只有一个车厢的火车原来是由四个脚夫在后面推动的。三北人是这样喜气洋洋地踏上他们故乡的土地。我坐过这火车,目睹过这一奇观。

我家祖屋在一个小村子里。没有电灯,一到晚上,四野漆黑。村头是一片坟地,在坟地中间有存放尚未落葬的棺木的小屋——厝屋。那时候人迷信得很，怕鬼魂，近处远处亮晶晶的萤火虫，说是"鬼火"，晚上都不敢出门，又舍不得点洋油灯，只好早早上床。在乡下，夜晚是最不好过的。

我家屋后是一片竹林，春天，地上会冒出笋尖，下过雨，冒得更快。竹笋很好吃，用咸菜卤煮了盛在碗里空口当饭吃。

村头有一爿小杂货店，我只记得店里柜台上有个大玻璃瓶，里面有圆圆的红的绿的黄的糖果，叫"弹子糖"。祖母给我铜板，我就买糖吃，一个铜板买三颗。小孩子吃零嘴，只有这一种糖果。

祖母非常疼我。她成年躺在床上，我坐在床上陪她，听她唠叨。从她的神情可以看出她的内心充满幸福和温馨之感。

我不曾见过祖父，他早就不在了。父亲带我们回老家，除了看望祖母，就是给祖父上坟。在坟前供上几碗祖母做的小菜，想必是祖父最爱吃的。我这个孙儿也要给他老人家叩头。

在坟头有一种细细的叫作茅针的野草，剥开来有一支淡绿色的软针，放到嘴里有甜味。乡下的孩子爱吃这种坟头草。

几十年来，我的老家、我的祖母，常常出现在我的梦中。祖母最大的憾事，大半生守寡，儿孙没有在家陪伴她过日子。唉！

书　店

民国年间,镇江有好几家书店。上小学以前,我没有进过书店。那时只知道看小人书,书摊上租来的,或者跟邻居借的。

念私塾识字多了,就看"七字语",大概就是弹词之类,油光纸印的,薄薄的几页,两三个铜板一份。卖"七字语"的,在街上边唱边卖。"七字语"讲的多是才子佳人、忠臣奸臣、皇帝侠客。我一点也不感兴趣,也看不大懂,只是好玩,手上有"几本书",翻来翻去。像蚂蚁一样的小字,密密麻麻,看多了会伤眼睛。很快我就把它摔在一边了。

可是,哪里有好看的书呢?不知道。也不知道什么是儿童读物。

到八九岁,我是小学生了,开始上书店。书店多在城外西门大街一带。去得最多的是鱼巷那一家,去买上海中华书局的《小朋友》周刊,主编王人路或陈伯吹,至今还记得这两个名字。前天报上说《小朋友》八十周年纪念,它还在出版,不知道现在的《小朋友》什么样子,我倒还想看看小时候看过的《小朋友》。

再往后，看商务印书馆的《儿童世界》，郑振铎主编，是给高年级学生看的。镇江有个商务印书馆分馆，卖《儿童世界》。

鱼巷那家书店还卖"一折八扣"的书和新文艺书。"一折八扣"，定价一元，一折是一毛钱，再打八扣，只卖八分钱，挺便宜。都是翻版书或盗版书，印得马虎。书很杂，既有《笑林广记》《今古奇观》《老残游记》之类，也有新文学作品，如鲁迅、茅盾的小说。正规出版的文艺书，北新书局、新中国书局出版的书，放在玻璃柜里，定价贵得多。记得有巴金的《电椅》、施蛰存的《梅雨之夕》，我买不起。

开在城里的一家书店，门面对着去体育场的那条路。在这里可以买到上海出版的文艺杂志、画报，电影画报最好卖，人们喜欢电影明星，像胡蝶、阮玲玉、王人美、高占非、金焰这些大明星。我喜欢韩兰根，还有外国的卓别林、劳来和哈台。

西门大街有家镇江书店，门面很大，老板姓童，回民，我在回民学校穆源小学读书，他见到穆源的小学生，很和气。镇江书店卖的书档次比较高，文学家的作品这里都有。快要过年，店堂里热闹起来，学生来看贺年片，买贺年片，七嘴八舌，吱吱喳喳。贺年片印得很讲究，有图案，有的还印上洋文，买的人大多不识洋文，收到贺年片的人大概也不识。

小学快要毕业时，在两位思想进步的老师沙名鹿、周坚如的影响之下，我看起了韬奋先生编的《大众生活》周刊，是在西门大街中国国货公司文具部买的。在那里还看到李公朴先生主编的《读书生活》半月刊。后来我在汉口读书生活出版社当练习生见到李先生，这个出版社就是李先生创办的。李先生非常爱国，年轻时在镇江一家百货店当过店员，是个了不起的人。他知道我是镇江人，格外亲切，摸着我的头，用镇江话问这个问那个。

伯先公园对面有家小书店，"七七"抗战爆发不久，我在这家书店买到一本小册子，斯诺的《毛泽东自传》。天很热，我一头钻进洗澡堂，脱了衣裳一口气把它看完。我知道了中国工农红军，知道了两万五千里长征，也知道了毛泽东。我的心、我的思想越飞越远。书真是个奇妙的东西！

二〇〇二年二月

买书结缘

买书,说得确切一点,是看书,到书店看书。

一九三六至一九三七年,我在省城(镇江市)的一个私立小学读书。省城在京沪线(现在的沪宁线)上,上海出版的新书杂志到得很快,日报傍晚就可以看到。

城外比城里热闹,店铺、茶楼、火车站、轮船码头,都在城外。北伐以前,城外还有英租界,小时候我还见过租界的铁栅栏,租界里有个海关。

西门大街有家新书店,过去一点,是大舞台戏院,从北平、上海"重金礼聘"来的名角,在这里登台。有一年,南京国立戏剧学校,在这个戏院演出话剧《视察专员》《狄四娘》,前者是果戈理的名剧《钦差大臣》改编的,女主角叶仲寅,就是现在的叶子,这是我头一回看到的正式的话剧演出,印象很深。

戏院隔壁有家炒货店,看戏的人在店里买包瓜子或花生米带进戏院,边吃边看。十一点散戏,炒货店门口汽灯煞亮,看戏的人又买包油炸蚕豆瓣什么的,做下粥的小菜,带回家宵夜。

我常去的是那家书店,放学路过,总要进去看看有什么新书杂志，有好看的，从架上抽下来，站在书架旁边，看它半个来小时。

这家书店，新文艺书比较多，除了商务、中华这两家老牌子书局，上海的一些出版社，现代书局、良友图书公司、新中国书局、生活书店、开明书店、文化生活出版社的新书，大多都有。北新书局、亚东图书馆早年出的书也还有一些。成套的书，像生活书店的《创作文库》《小型文库》，良友图书公司的《文学丛书》《良友文库》，文化生活出版社的《文学丛刊》《文化生活丛刊》，一溜摆在书架上，挺馋人。现代书局、新中国书局也各有一套文学丛书，封面看上去蛮舒服。我买不起书，只有开学的时候，跟爸爸多报几毛钱文具费，再加上过年的压岁钱，买几本书。因此，我就在书店白看；一本本看，看完一本再看一本。现在还能记得起看过的书，有张天翼的《蜜蜂》《团圆》，茅盾的《春蚕》，巴金的《砂丁》《电椅》，施蛰存的《上元灯》《梅雨之夕》，穆时英的《南北极》。巴金翻译的《俄罗斯的童话》《门槛》，也是站着看完的。

平日，顾客不多，也就两三个人，有时就我一个看书的。快到年底，就热闹起来，店堂里挂出了贺年片，小学生挤在柜台前面，挑挑拣拣，吱吱喳喳。

三开间门面，宽敞明亮，门口没有橱窗，早晚上下门板。冬天，风往里灌，店堂里冷飕飕；天好，阳光照进来，暖和一些。

有三个店员，从不干涉我看书，不像有的书店，用眼睛盯着你，生怕你偷书，你看久了，脸色就不大好看。

店员之中有一位年轻人，书生模样，年龄跟我小学老师相仿，二十来岁，后来熟了，我叫他"贾先生"。

贾先生人挺和气，用亲切的眼光看我这个小学生，渐渐攀谈起来，谈些什么呢？现在一点也记不起来。年轻人关心的职业、婚姻这些问题，贾先生不会跟我这个小孩子谈，多半谈喜欢读什么书，哪些书好看。再就是谈学校里的事情。我读书的那个学校是回族人士办的，贾先生是回民。

还有一个谈话题目：国难问题，日本人侵略中国，抗战抗不抗得起来。

就这样，我跟贾先生成了忘年交。他大我六七岁，把我看作小弟弟，可是在我心目中，他是先生。

去年六月十六日，贾先生从台湾来信说："忆昔约为一九三四年前后，我们相识于镇江书店，每周六，你必来买韬奋编的周刊，那时你在我印象之中，是个好学深思的清秀少年。我也不过二十二三岁。"

孙女听我念信，笑了起来："哼！还清秀哩。"

是啊，她看到的爷爷，是个干瘪的瘦老头儿。奶奶却说："你爷爷是清秀。"

不花钱看书，可是韬奋先生主编的《大众生活》（后来是

《生活星期刊》）我是每期要买的，事过几十年，贾先生还记得这件事。

《大众生活》《生活星期刊》虽然只有薄薄的十几页，但得买回去细细看，反复看。它用大量篇幅报道北平学生爱国运动，每期有四面新闻图片，不仅内容吸引人，编排也很出色，还有金仲华、蔡若虹编绘的"每周时事漫画"。有一期封面，是一个拿着话筒的女学生，站在北平城门口演讲，标题是："大众起来！"后来知道女学生名叫陆璀。五十年代，在东安市场旧书店买到一套《大众生活》，我把这一期送给了陆璀，老大姐十分高兴。如今她也满头银丝。

《大众生活》《生活星期刊》四分钱一本，合十二个铜板。家里每天给我四个铜板零用钱，我用两个铜板买个烧饼当早点，一个礼拜积余十二枚，正好够买一本杂志。

在书店看书，我特别当心，决不把书弄脏弄皱。放学以后先把手洗干净，再到书店看书。看到哪一页，也不折个角，记住页码，明天接着看。

后来，贾先生到国货公司文具部当店员，文具部兼卖杂志，我也就跟过去看杂志，《光明》《中流》《读书》半月刊、《生活知识》这些杂志就是在那里看的。我只在文具部买过一支"关勒铭"自来水笔——我用的第一支自来水笔。

一九三七年冬天，日本人打来了，我们俩都逃难到汉口，又遇上了。过了年,读书生活出版社收留我当练习生。我向黄洛峰经理引荐贾先生,黄经理听说他在书店做过事,他也进了读书生活出版社。

这一年我才十六岁,黄经理能让我介绍一位朋友进出版社,实在高兴。

贾先生在出版社没有待多久,他要到战地抗日,报考战时工作干部训练团,从此分手,一别就是五十几年。

黄经理还常常谈起他,问我:"你那位好朋友在哪里?"我不知道,虽然我很想念他。

现在看了他的来信才知道,他在受训以后,被分配到军委会政治部第三厅军报科,也就是陈诚、周恩来任正副部长,郭沫若任厅长的政治部,以后被派到西北办报,一直从事新闻工作。一九四九年去台湾教书,现已荣休。

时隔半个世纪,我们又怎么联系上的?

去年四月,知友诗人戴天从香港打来电话,问我可认识一位姓贾的老乡?我立即想起了他,准是他!

原来,台北《联合报》副刊登了戴天兄的一篇文章,里面提到我这个酒友:"北望神州,怎忘得了范用。"贾先生看到了,写信通过副刊主编痖弦先生打听:"文中所指范用是否尚存在?是否知其下落?"并说:"本人和他过去有很深厚的感情。"

于是,我们通上了信。我高兴的是,贾先生来信说秋后回乡探亲,定来北京叙旧。

他寄来全家福照片,可我怎么也认不出照片上坐在中间的老人家就是贾先生。他看了我寄去的照片,也"不禁感慨系之",小弟弟成了白头翁!

本月十六日收到他发自江宁的信,说上月十五日返乡,到了南京、镇江、上海、西安,因病不得已改变行程,折返南京治疗,预订的机票须十四日返台,"千祈原谅不能北来苦衷",并寄来三百元给我进补。他还把我当作小弟弟。

这真叫我失望之至,无限思念,无限怅惘!

他已经八十高龄,倘若海峡两岸通航,往来捷便一些,再次回乡的日子当不会太远。我祈愿他老人家健康长寿!

一个普通店员,一个小学生,过了五十几年仍不相忘,还能相见,岂非缘分!我见到书店的朋友,常常讲这个买书的故事。我说,开书店要广交朋友,包括小朋友,欢迎他们来书店看书,从小爱跑书店,长大了,准是个爱书人,准是你的顾客。

有人说:"顾客是上帝。"我信奉的是:朋友是无价之宝。

一九九三年二月

做贺年片

我上小学的时候就喜欢做贺年片,寄贺年片。

那时候,看到人家写信寄信,挺有意思。我可没有写信寄信的,同学、老师天天在一起,用不着写信。过年了,倒可以寄张贺年片,一年也只有一回。

我的贺年片是自己做的。西门大街(现在的大西路)书店有贺年片卖,印得很讲究,花花绿绿,还烫上金,要好几个钱一张。我没有那么多钱,家里给的零用钱,只够吃烧饼;那时候,两个铜板买一个烧饼。贺年片,只能在书店里欣赏欣赏,从未买过。

自己做贺年片,是丰子恺先生教的。我很喜欢丰先生的漫画,也爱看他写的文章,专门为小读者写的文章。丰先生给《新少年》半月刊写了一系列《少年美术故事》,头一篇的题目叫《贺年》,讲了一个做贺年片的故事。小学生如金、逢春姐弟两人在除夕做贺年片,爸爸当参谋。姐姐逢春做的贺年片,画的花草图案;弟弟如金做的贺年片,画的老鼠拉车。新的一年是鼠年。还讲了他们收到叶心表哥做的贺年片,画的常青的松树、初升的太阳、白云、小鸟,写的"美意延年"四字,很有诗意。

看了丰先生的这篇文章,我受到启发,自己动手做贺年片。只是我没有姐姐,爸爸去年去世了,一个人做。第一次我就做成功了,现在还记得是画的大海上一条轮船迎着旭日乘风破浪前进(从烟囱冒出的黑烟可以看出海上风很大),写了"迎接新年"。也只是简单的几笔,着色倒比较鲜艳。老师和同学收到我的贺年片,不仅不嫌寒碜,还大大称赞,说比买的贺年片有意思,竖起大拇指说:"呱呱叫!"我真得意。美术老师教的我用上了,很开心。

从此,做贺年片上了瘾。直到现在,七十多岁了,每年都动脑筋做张别致的贺年片,寄给长辈和好友,博得他们一分惊异、一分喜悦。我要他们放心,我还活得很好,身体好,心情好,会玩,头脑还没有痴呆。一句话:我们大家都高高兴兴,都热爱生活吧!现在生活一年比一年好,将来一定更好。

一九九九年三月二十日

邂 逅

因为爱看电影,很意外认识了一位年轻的"革命女性",说她是"革命女性",是恰当的。那是一九三八年春天,在汉口。

她大我两岁,比我老气得多,个儿却没有我高,苏州人,大大的眼睛,挺漂亮,说的一口国语(那时没有"普通话"的说法),跟你聊起来,慢声细语,甜得很,看起人来笑眯眯的。

那时我刚到一个出版社当练习生,还不满十六岁。

一天中午吃完饭,收拾干净桌子(那是练习生的事),急急忙忙赶到黄陂路,那里有家电影院,放映苏联电影《无国游民》,是从普希金的一部长诗改编的,讲的吉卜赛人的故事。后来看到瞿秋白的译本,译作《茨冈》。诗的开头是这样的:

> 一大群热闹的茨冈
> 沿着柏萨腊比河游荡。
> 他们今天过夜,就在那
> 河上搭起破烂的篷帐。
> 自由自在的,还有天做他们的篷

邂 逅

好快乐的过夜,他们的和平的梦。

译得真流畅,一念就上了口,多少年我都背得出。吉卜赛人,也就是通常说的波希米亚人,他们没有祖国,在欧洲,在巴尔干半岛的一些小国家,成群结队,乘着马拖的大篷车,到处流浪,卖艺为生。

还在抗日战争以前上小学的时候,就听老师讲起过苏联电影,说怎么怎么好,其实他并没有看过苏联电影,是从报纸、杂志上看来的。那时,我们看三十年代上海电影,看好莱坞电影,就是看不到苏联电影,因为只在上海放映。

没有想到后来我逃难到汉口,看上了苏联电影。当时武汉是战时的军事、政治、文化中心,苏联空军正在帮助中国。

可是一般市民很少有人看苏联电影,观众多半是知识分子,一场电影能上座四五成就算不错,因此,电影院只安排在中午放映。

我赶到黄陂路,电影院的铁栅栏还没有拉开,只好等着,在马路上踱来踱去。黄陂路不长,是条小马路,中午过往行人稀少,我从这一头踱到那一头,又从那一头踱到这一头。

就在这时候,又来了一个看电影的,是个少女,穿的天蓝色短袖上衣,黑裙子,像是女学生,她也在马路上踱过来踱过去。

两个人交错的时候,互相瞧瞧,她对我笑了一笑,我从小害羞,没有搭理她。

"哗啦"一声,电影院的铁栅栏拉开了,卖票的小窗户也打开了,买票的只有我们两人。

扯了票,走进了有两三百个座位的大厅,还是只有我们两个来得最早的。我拣中间的一排坐下,她坐在离我两三排后面的座位上。

过了一会儿,我听见她轻轻叫唤:

"小弟弟!坐过来好不好?"

我看电影喜欢靠前坐,不像有些人怕伤眼睛,愿意往后坐,我说:

"你上前面来吧。"

她过来和我坐到了一起:

"你几岁啦?"

"十六。"

"喜欢看电影?"

"嗯。"

"看过些什么电影?"

我就数给她听,大多是三十年代上海的电影。我还告诉她哪些电影是我爱看的,我喜欢电影里的那些小人物,例如《马路天使》里那个吹洋号给人家做广告的小伙子,那个卖唱的小歌女,就连那站在路灯下等客的妓女,我都十分同情。还有只能在夜半时候才能高歌"誓与那封建魔王抗争"的宋丹萍这样的人，我为他的悲惨遭遇流泪。我憎恨那些流氓、军阀、吸血鬼。我还举出不少我喜欢的电影明星……

由电影又扯到演话剧，原来她是战时演剧队的队员，我参加过儿童剧社，也演过话剧，这一来话就更多了，越谈越投合。

就这样，我们在黑暗中边看边聊。她又详细问了我家庭的情况，读书的情况，怎么来到汉口的。

看完电影，走出电影院，她忽然提出：

"来我们演剧队吧，正缺个小演员。"

我摇摇头："好不容易有了个吃饭的地方，不想再动。"

"哎呀，小弟弟，我们那里有一群大哥哥、大姐姐，好玩得很。"

我还是摇摇头。说实话，我是喜欢演戏，做过演员梦，现在得挣钱养活自己。对于我，更重要的是想充实自己，我已经没有上学的机会，在出版社可以读点书。一有饭吃，二有书读，我很满意自己的职业。

她还是劝我，我说：

"好吧，让我想一想。"

我给了她地址，就分手了。

没想到，第二天上午，她就从武昌赶到汉口找上门来。

出版社的几个年轻小伙子，看到忽然来了一个漂亮的女孩子找范用,非常惊异,他们从未听我说起过汉口有熟人。

她来找我,还是想拉我去演剧队。我告诉她,还是下不了这个决心,因为我担心演剧队是否能够干下去,我不愿意过流动的生活,只想待在一个地方。我一再解释,无论如何请她原谅。

她失望地走了,再也没有来过。

不久,有人告诉我,她和一位编辑结伴去了延安。这位编辑我见过,在一个周刊编辑部工作,写文艺评论,兼做校对,常常来我们出版社,穿着长袍,左手插在西装裤里,腋下夹着一卷校样。他译了一部苏联人写的理论书,看书名是讲恋爱问题的,其实是用新哲学观点分析家族和婚姻的进化的书,粗心的读者买来看,以为书里面有什么"恋爱经"。五十年后,这位编辑居然成为理论家。

这位"革命女性",后来我听说是延安的活跃分子。是的,她是那么热情,对未来充满梦想。一九四二年,何其芳写过一首著名的诗《我为少男少女们歌唱》:

> 轻轻地从我琴弦上
> 失掉了成年的忧伤,
> 我重新变得年轻了,
> 我的血流得很快,
> 对于生活我又充满了梦想,充满了渴望。

邂 逅

那年代，多少少男少女都有一个美丽的梦想，都在忘我地追求。我在重庆读到这首诗，自然而然就想到在遥远的北方的她，我默默地为她祝福，又在内心里感激她。

我想，如果听了她的话，我会走上另一条路去演剧，甚至跟着她去延安，她会不会又成为我的另一个"姐姐"？很可能，不过那只能是"革命大姐"。而我这个人，用我女儿的话来说，是"小资味"（那是"文革"初期，她一心想当"红卫兵"的时候说的，后来不说了），想改造自己，洗刷这股"味道"，即使有主观意愿，有颗虔诚的心，也会吃力得很，准会磕磕绊绊，得老实承认这一点。

解放以后，听说她在南方，在一个省的文化部门工作，已经是一个资深的领导干部。

"文革"期间，我被关在"牛棚"里，有一天，一位难友说，在小报上看到她被揪出来了，造反派给她剃了阴阳头，和一位著名的粤剧女演员跪在马路上。我不敢想象她是否经受得起这种残酷的折磨、这种野蛮的人身侮辱。我也跪过，被强迫跪在操场上，人们以为我会想不开，过不了这一关，会成为"自绝于人的狗屎"。她是个女同志，一个爱体面的人，会怎样想呢？透过窗户，望着蓝天，我的心怎么也平静不下来，上苍啊！

过了六年，"四人帮"终于被押上了审判台，扫进了垃圾堆，真正成了不齿于人类的狗屎。她的老伴调来北京，成为我的上司。我们闲谈，说起汉口的这一段往事，我告诉他，在你之前我早就认识她。多少年来，尤其是"文革"期间，我很怀念她。

不久，她从南方来北京治病，我们见了面，她已经是个满头白发的老大姐，讲起话来，不像从前那么轻快，也不像从前那样总是带着笑容，一句话，在她身上已经找不出丝毫青春气息，像我当年所看到的，所感受到的。

可是，虽然如此，我听得出来，她还是个对自己的信念十分虔诚的革命女性，她说要去瞻仰毛主席纪念堂，了却一桩心愿，我陪她去了纪念堂，这时我感到站在面前的，是一位不折不扣的"革命大姐"，在党内，我们有多少这样的大姐啊！曹孟浪兄告诉我，她在苏州女子师范学校读书时，就参加演剧活动，因为闹学潮被开除，只好跑到上海去，那时才十几岁。

一九二七年北伐时，在反帝反封建斗争中，中国曾经出现一大批叛逆的女性。抗日战争时，在争取民族解放斗争中，又出现了一大批革命女性，我就见过好几位。她们大多饱经风雨，在政治浪潮中沉浮，从无悔意。现在年轻人听了，或许会感到不可理解，但这毕竟是历史事实。难道真的如《路加福音》说的，她们"要努力进窄门"？她们之中有人可能读过屠格涅夫为苏菲亚写的著名诗篇《门槛》，我在年轻时读这篇散文诗，不也激动不已？

两年前，得到消息她去世了。我发了一个唁电，只有一句话：

邂 逅

"亲爱的大姐,感谢您在我年少时给予的鼓励!"

因为写错了地址,电报被退回来,那么,就让它永远留在我的心里吧!

回顾这一代人走过的道路,会有许许多多想法。一场噩梦之后,人们对生活重新拾起希望,然而,我以为更重要的是需要思考,因为要真正在思想上走出噩梦,并不是一件容易的事。

一九九三年八月八日,立秋后一日

[附记]

二〇〇一年,王晓蓝来信,寄来母亲田蔚的照片。来信说:"我姐姐王晓吟一九九四年拿回来一本《随笔》杂志,看了其中您写的《邂逅》一文,才知道您认识我母亲的事。后来我又买了《我爱穆源》,这篇文章也收入在内。从您的文章中可以感受到您是一个重感情念旧的人。我很理解您的感受。感谢您对我母亲的这份怀念之情。我窃想假如您当年参加了演剧队,甚至去了延安……您的小资情调一定会让您在历次运动中大吃苦头的,还是不去较为明智。"

为了读书

跟年轻朋友在一起,常常有人问我:你为什么选择出版这一行?

不是我选择了这一行,是读书生活出版社收留了我。

一九三七年冬天,"感谢"日本侵略者的炮火把我轰出了家门,一个人逃难到汉口,进了读书生活出版社,从此,算是有了个饭碗。

读书生活出版社出的书,都是很进步的,可以开出一串书名。艾思奇的《大众哲学》、曹伯韩的《通俗社会科学二十讲》、柳湜的《如何生活》、李公朴编的《读书与写作》、张庚编的话剧集《打回老家去》、周巍峙编的新歌集《民族呼声集》、以群翻译的《苏联文学讲话》、高尔基的《在人间》,等等。还发行中国共产党第一本公开出版的刊物《群众》周刊,我全看了。

此外,出版社还有一些从上海带出来的参考书,杂得很,有《胡适文存》,陈独秀的《实庵自传》,希特勒的《我的奋斗》,蒋介石的《西安半月记》《韦尔斯自传》,纪德的《从苏联归来》等等,也都让我随便看。

这是个有书读，而且让你读书，允许你读各种书的地方，极大地满足了我的读书欲望，胃口大开。

从这一点讲，是我看上了这个出版社，愿意吃这碗饭。

除了在出版社看书，每天还到交通路的一些书店看书。上海搬来的书店大多在这条马路上和附近的弄堂里。有生活书店、上海杂志公司、开明书店、天马书店……还有当地原有的华中图书公司。我成了"书店巡阅使"。

出版社黄老板看我有这么个癖好，就给我一个任务，替出版社采购新出版的杂志，有的是他指定买的，像共产党叛徒叶青编的《抗战与文化》，国民党的《中央周刊》《民意周刊》《祖国》，还有其他一些党派办的刊物。好的杂志当然要买，像胡风主编的《七月》，丁玲、舒群主编的《战地》，生活书店和上海杂志公司发行的各种杂志。买回来，用个回形针夹起挂在墙上，供出版社的工作人员阅览。

在这里，从未听说过什么"放毒""中毒"。不知道这叫不叫"自由化"？"自由化"这个名词，是几十年之后才听说的。

黄老板就是这么信任我们这班小年轻的。

他带领我们读好书，学习《大众哲学》(后来到重庆，学习政治经济学)，同时又放手让我们读各式各样的书，包括那些内容有些问题，或是很有问题的书，多多益善，开卷有益。他用这种方法提高我们的阅读能力和识别能力。

黄老板读好书很认真，读有问题的书也很认真，在书上画杠杠、写批语。在重庆时，我就看到他在蒋介石的《中国之命运》上批批画画。

我一生感激他这样地引导我们读书，真正地读书，而不是马马虎虎、随随便便地读书。

这样，多年来我养成了一个读书习惯，越是有问题的书，尽可能找来读一读，不信邪，也不怕中邪。而且要读"原装"的、"整装"的，不要拆装过的，不要零件、"摘编"之类。

后来，听说毛泽东读书也很广泛。正面的、反面的，用他的说法，"香花""毒草"都看。一九三九年在重庆，我在出版社做邮购工作，就多次收到毛泽东秘书李六如从延安"天主堂"寄出的购书信，开来的书单内容很杂。当时我们就知道是毛主席要的书。

一九四一年，我还接到过一个任务，替毛主席买章回体旧小说，我跑遍重庆全城搜罗了好几百本，交八路军办事处运往延安。解放后在北京，王子野告诉我，他在延安见到这批书，毛主席把这些书交给了中央图书馆。

一九四六年在上海又接到过一个任务，上海出的杂志，不论左中右，包括外文的，各买两本，积到一定数量，装箱由海路运往解放区。据告，也是毛主席要看的。

我十分乐意做这种工作，因为可以看过路书刊，同时也可以从毛主席的读书得到一些启发。

我常常想这个问题：毛泽东的这种读书观，这种读书方法，我杜撰称之为"比较读书法"，我们普通人是否也适用，我们能不能学这一套？

我有一种体会，书的好坏，要靠自己辨别，读得多了，辨别能力自然会提高。光靠别人指点自己不肯下点功夫，那只能永远让别人牵着你走。万一碰上坏人来牵引你，像"四人帮"这些坏家伙，你怎么办？

我在《列宁全集》上看到过列宁的一篇读书札记，一张写给秘书的便条，前者大意是说看到有篇文章说某本书有问题，我找来这本书读了，确实是本有问题的书。后者是要秘书找某些有问题的书。你看，列宁读书，不光听别人的评论，他得亲自验证。

"文革"时期，"四人帮"及其徒子徒孙，动不动挥舞大棒，什么"反共老手""影射文学"。你想找来看看，对不起，书店早已下架，有的图书馆也不出借了。这是一种封杀灭绝的卑劣手法。"反共老手"不是别人，恰恰是那些专以诬陷正直的共产党员为职业的"棍子"、文痞们，这些人才是道道地地的反共杀手。

鲁迅做得更好，他总是把别人批评他的文章，他的论战对手的文章，跟自己的文章印在一起，他要读者两方面都看。不像有的人，只要你看他摘引的那几句，不要你看原文、看全文。弄得你看到批判文章再想找那些挨批的文章，真是费劲得很。难道已经给你打了防疫针，消了毒，还怕什么？你又不是卖的假药？编杂志、搞出版的，能否在这方面给读者提供一些方便呢？

我还有这样一种体会，作为一个现代人，一个知识分子，还是多看点书报杂志的好，你干工作也才能称职。不能把自己装在保险柜里，做"套中人"。我因为做出版工作，要同国外的朋友、香港和台湾来的朋友打交道，见面总得交谈，有话谈。他们提到"先总统"，我说我看过他的《苏俄在中国》；他们提到"故总统"，我说看过他的《风雨中的宁静》；他们提到白先勇，我说看过他的《台北人》。不光看过，还可谈一点读后感，略加评论。我不能让人家看成是个光会谈吃什么、玩什么的人，看成是个什么都不知道的白痴，看成是个只会讲几句套话客气话的官僚。

你看，本来是要回答为什么选择了出版这一行，却大谈起读书。那么，可不可以这样说：是为了读书才选择了出版这一行。

一九九二年五月十五日晨

沙老师

家乡来信说,沙老师走了,得的食道癌,从检查发现到辞世,不到两个月,走得突然,走得匆匆。

一九三六年,我从浙江同乡会小学转到穆源小学上五年级。沙名鹿老师(那时叫沙先生)教低年级,他是老师,可是我们俩倒像兄弟,他只大我八岁,才二十一,看上去像个大孩子,我们成了朋友。

使我们接近起来的,是文艺。沙老师房间里有好多文艺书刊。杂志就有《文学》《光明》《中流》《电通》《联华画报》等。还有几种早几年的文学刊物《北斗》《萌芽》《拓荒者》《现代》。这些刊物一下子打开了我的眼界,它们的模样、它们的封面,我至今记得清清楚楚。沙老师让我随便看,还可以带回家。

后来,他不时买一些新书送给我,那是巴金先生主编的《文学丛刊》,本子都不怎么厚,有丽尼、陆蠡的散文集,张天翼、陈白尘的短篇创作集。

我生日那天,沙老师送给我一本巴金的《家》,扉页上写着一些勉励的话,一份珍贵的礼物,唯一的一份礼物;这一年我十四岁。

曹禺的《雷雨》,也是沙老师给我看的,那是一本大型文学杂志,是巴金、靳以主编,在北平出版的《文学季刊》。

沙老师认识陈白尘先生。我读了白尘先生的小说和剧本,知道他原名陈征鸿,还有一个笔名"墨沙"。那时,白尘先生从监狱释放出来。打这起,我才知道共产党要坐牢,不明白的是,为什么像共产党这样的好人要坐牢?

由于沙老师的介绍,白尘先生知道我这个爱好文艺的小学生,订了一份《作家》月刊送我。每个月初,我都盼望邮局寄来《作家》。白尘先生还寄来《小说家》月刊,里面有小说家座谈记录,参加座谈的有艾芜、沙汀、萧军、欧阳山、聂绀弩、东平、周文、陈白尘、蒋牧良等作家,说是"给初学写作者一点力量"。

在沙老师指导下,我学写小说。当时,爱读张天翼的小说,学着写了一篇,白尘先生拿到上海的一个刊物发表,写的小学生拒绝用东洋货铅笔,闹出一场教室风波。

沙老师写小说、写散文,在日报副刊发表,笔名"伍是""又名父"。后来他给报纸编《每周文艺》副刊,整整一版,版面仿照天津《大公报》沈从文先生主编的《文艺》副刊。

我也写小说、散文,在这个副刊发表,此外,还在向锦江先生主编的一个副刊发表。沙老师给我起了几个笔名——"范多""汎容""帆涌"。

就这样,我一下子冒出了强烈的创作欲、发表欲,一有时间就写,甚至"开夜车"写。沙老师拿去发表,有稿费可得,虽然不多,但可以用来买几本书。

沙老师还跟报社谈好,出一个刊登儿童作品的副刊《蝌蚪》,推荐我去编。我干得了吗?想试一试。我画了一个刊头,沙老师请人带到南京制锌版。画的一群摇头摆尾的小蝌蚪,配上稚气十足的"蝌蚪"两个字。等到版子做来,"七七事变"发生,这件事搁浅。同时去制版的《苏联版画集》里的一幅高尔基木刻像用上了,登在《每周文艺》沙老师写的文章里。那时高尔基刚去世一年。

我把自己的"作品"贴在洋抄本上,一本小说,一本散文。后来带到汉口,小说那本,舒群先生说要看看,再也没有还我。那时他和丁玲主编《战地》月刊,我们天天见面。散文那本至今还在。昨夜,在灯下翻看纸张发黄的贴报本,又想起当年沙老师怎样给我改稿子。发表这些幼稚作品的日报,经过战火,现在镇江一份也找不到了。

一九三六年,在抗日救亡热潮中,沙老师教我们小学生唱救亡歌曲,组织儿童剧社演话剧。"七七""八一三"一开仗,带我们上街下乡宣传,排演活报剧,有个控诉日军暴行的活报剧,叫作《扫射》。

小学校长不赞成我们这样抗日,他是国民党员,嫌沙老师"思想左倾"。我头一回听说这个,弄不清楚什么叫"左倾"。现在回想,说沙老师"左倾",倒也是。从沙老师平日言谈中,可以听出他向往苏联,崇拜鲁迅、高尔基,反对法西斯独裁。"西安事变"消息传来,他兴奋地告诉我:"老蒋被抓起来了。"有这几条,够"左倾"的。

有一件事,也可以说明沙老师之"左倾"。有一位在南京读书的大学生杨德时,也组织了个剧社,演出王尔德的《少奶奶的扇子》。我们儿童剧社演出救亡戏剧,跟他们唱对台戏。这位大学生还和几个朋友在南京办了个名为《朝霞》,用颜色纸张印刷的文学刊物,沙老师说那是"象牙塔里的文学"。尽管彼此文艺观点不同,沙老师和杨君私交却很好,是我亲眼看到的。我也认识这位大学生,是个谦恭和善、彬彬有礼的青年。后来听说在上海文化馆工作,"文革"期间被迫害死了。

还有一件事,一九三五年前后,镇江师范有几个学生以"共党嫌疑"罪名被捕,其中一位女生是沙老师的恋人,这是后来他告诉我的,还用了"CP"(共产党)、"CY"(共青团)这两个我从未听说过的名词。至于他与"CP""CY"有无关系,没有说,也不便问,但是能明显感受到他的政治倾向。对我这个初懂人事的孩子,他毫不掩饰,表示出一种信任。我不会乱讲。

可以说,在那个污浊的社会,沙老师是一个有着强烈的爱国心，有着新思想，追求进步的青年。我在他的启发和影响之下，开始懂得是与非，爱和恨，因而一踏入社会，就卷进了革命的潮流。在这方面，我把他看作引路人。

沙老师和校长常常为一些问题争论得面红耳赤，但不伤感情。我想，还不能说校长不爱国，他只是不赞成我们的一些做法，怕我们惹出麻烦，让国民党省党部盯上。在他看来，小学生最要紧的是把书读好，抗日救亡是大人的事。两位老师我都敬重，不过，感情上还是偏向沙老师。我尽可能做到两不误，戏演了，门门功课又拿得下来，都在九十分以上，期终考试总是第一名，黄校长也就没得可说的，认可了我这个"尖子学生"。不过他看到我这个既守本分又不守本分的学生，摸摸我的头，总要叹口气："唉！"

沙老师爱看电影，镇江来了新电影，便买两张票，带我从城外走到城里大市口电影院去看。看完电影，买四两酱鸭或者干切牛肉，用荷叶托着，再买几个高桩馒头或者半斤侉饼；镇江人叫北方人"侉子"，硬面大饼叫"侉饼"，也就是羌饼，厚厚的一大块。夜晚，我们坐在河滨儿童公园石凳上，边吃边聊。聊看过的电影，谈自己的看法；聊上海正在上演的话剧《钦差大臣》《罗密欧与朱丽叶》，白尘先生写的话剧《太平天国——金田村》我们已经看了剧本。还有非常想看的苏联电影《夏伯阳》《生路》《我们来自喀琅施塔得》，可是只在上海放映。

就这样，仿佛在艺术殿堂中找到了新的天地，我们向往的天地，尽管这种感觉在我还朦胧得很。

那时看过的电影，像《渔光曲》《大路》《都市风光》《十字街头》《压岁钱》《夜半歌声》《天伦》，把我迷住了，我成了个小"影迷"。

我们还学唱电影歌曲，成天挂在嘴上："嘟哩咯嘟，嘟哩咯嘟，贫穷不是从天降，生铁久炼也成钢……""谁愿意做奴隶？谁愿意做马牛？……"这些歌太讨人喜爱，沙老师又有个好歌喉。

沙老师去了一趟上海，有一天问我愿不愿意去拍电影。怎么不愿意，拍电影，当小明星！那时，正要拍《迷途的羔羊》，我十四岁，可以演流浪儿。沙老师认识郑君里先生，推荐我去试试镜头。可是，要一个人去上海，有点胆怯，再说，也买不起来回的车票，想是想，只好算了。后来，看到《迷途的羔羊》，小演员葛佐治演得很好，不比黎铿差。我想，如果让我演，保险不如他。

办儿童剧社，沙老师又编剧，又导演，又主持剧务，我们之间的关系就更加密切了，天天在一起，一天不见面，就好像少了什么。

沙老师为剧社请来两位顾问，一位就是郑君里先生，另一位是应云卫先生，我们把他俩的名字大大地写在海报上，借重他们的名气，其实始终没有见过一面，但我相信两位先生一定支持孩子们演话剧。

暑假，我住到学校里，陪伴沙老师。我家房屋窄小，阴暗潮湿。放了假，整个校园非常清静，成了我的度假胜地。沙老师的房间里，总有一股浓郁的叫人喜欢的文艺气息。我们常常谈到深夜，听他谈作品，谈作家，谈"普罗文学""布尔乔亚文学""烟士披里纯"，似懂非懂，还谈普希金为了女人决斗，"罗曼蒂克"得很。可以说，我已经完全沉浸在文艺之中，做起一个又一个文学梦。

沙老师每星期一给我一封长信，写在一种很讲究的印着银色格子的稿纸上，密密麻麻好几页，可以称之为文学书简。信的内容很广泛，从文艺、人生理想到身边琐事。读信成了我最愉快的事情。信上他称我"弟弟"，或者"小斐斯"（face），有二三十封，可惜一封也没能留下来。

自从办了剧社，在省城，人们把我俩看成抗日分子。也就是因为这个，一九三七年十月日本人打来时，我们不得不出外逃难。尽管我是独苗，母亲和外婆也只好叫我快快逃走，好在跟沙老师一块儿走，她们放心。

没想到，上了轮船，沙老师家里追来了，他不得不改变主意，侍奉老母去苏北逃难，把我留在船上，我只好一个人出去闯。十月底，江风吹到身上，已经颇有寒意，心里说不出地凄楚。后来，沙老师还是绕道跋涉到了武汉，跟着又撤退到重庆，结了婚，有了孩子，住在歌乐山，家累很重，生活困难。我虽然在出版社做事，但是薪水只够吃饭零用，无法帮助老师。不久，他又回到镇江，他是孝子，丢不下老母。

在重庆，沙老师又介绍我认识端木蕻良先生。端木先生也鼓励我写小说，几乎是把着手教，是我的又一位文学老师。小说发表了，拿到稿费，约上几个朋友，到小梁子一家叫作"老乡亲"的北方馆子吃了顿水饺，端木先生、沙老师都很高兴。日本空军大轰炸打断了学习写作。至今端木先生还记得这件事，六年前写了首诗赠我，慨叹"范用年甫十六，余曾嘱其从事文艺创作""诗情似水四（五）十年"，光阴过得真快啊！前不久去看端木先生，他还问起沙老师。

五十年代初，沙老师到北京参加儿童文学讨论会。久别重逢，我们到东来顺吃了涮羊肉、牛肉馅饼，这回算是我这个做学生的有机会请老师吃了顿饭。

他后来的情况，我知道得很少，工作忙，很少通信。我想，在那风风雨雨的年代，他一定也坎坷得很，旧社会过来的知识分子，几人过上太平日子？我不想问，也没有勇气问，安慰的话更是多余的。沙老师年轻时憧憬苏联那样的新社会，而且感染过学生，如今会怎么想，我们又怎么聊呢？我是个共产党员，有许多事情，我也感到迷惘不解，说些什么好呢？

这样一位好老师，在学生身上倾注了不少心血，使我在童年就编织起美丽的梦想，渴望走上文学之路。和沙老师相处的日子，成了我一生之中最值得回忆的，怎么能够忘得了？

沙老师七十八岁走了，学生永远怀念您，感激您！

　　　　　　　　　　一九九三年五月，北京大风之日

一个小学生的怀念

白尘老师！您离开我们就要一年了。在这期间，怀着悲痛的心情，我又读了您的文集、剧作集和尚未结集的回忆录，还有您给我的几十封书信（您的信，哪怕一封短简，都写得端端正正，一笔不苟），回忆起许多往事，无尽地思念。

跟您在一起的时候，十分开心，您讲话总是那么风趣，跟您的文章一样。您的剧本，尤其是喜剧、讽刺剧，每每引起观众大笑，或者会心的微笑，笑和泪混合到一起。在这方面，您也称得上是语言大师。

在您跟前，我感到十分亲切温暖。一九三六年十四岁那年，我头一回见到您，就跟我开玩笑："唷！小把戏，像个小姑娘。"本来嘛，小孩子在陌生的大人面前，免不了有点儿腼腆。不过这一来，我的紧张心理消失了。加上您说话带苏北口音，我这个镇江人听起来，更亲切。

那时候，我还不知道什么叫"作家"，只晓得您是一位有学问的先生。听说您坐过牢，我好奇，从未见过"共党分子"，想看看是什么样子。

当然,我不好意思问什么。您倒问我:喜欢玩吗?打不打架?爱看书吗?看些什么书?还问:喜不喜欢看戏、看电影、唱歌?就像老熟人,一点没有大人架子。

我一五一十照说。我说,读过您的剧本和小说(后来编在《小魏的江山》《曼陀罗集》《茶叶棒子》里)。还说:"您是南国社的,叫陈征鸿。"您大为惊奇,睁大了眼睛。其实我是听沙名鹿老师说的,他有一本《南国月刊》,我看了。

那时,我对文明戏已经不感兴趣,演员的夸张动作,"言论正生"长篇开讲,有点受不了。南京国立剧专到镇江演出话剧《狄四娘》《视察专员》(根据果戈理《钦差大臣》改编的),使我大开眼界,尤其是舞台布景,从未见过。到台上演演戏的想法,在我的头脑里萌生,您大概看出了这一点。还看出我爱看闲书,杂七杂八的书,爱看小说,爱读剧本,送给我一部托尔斯泰的《复活》,是耿济之翻译、商务印书馆出版的,封面上印有"共学社"几个字。这部小说震撼了我幼小的心灵,托尔斯泰的人道主义思想感染了我,我十分同情被侮辱被损害的玛丝洛娃,为她流了不少眼泪,我憎恨那个虚伪的贵族地主少爷聂赫留道夫。一九三七年冬天,我逃难都带着老师送我的这部小说。

您回到上海,订了一份《作家》月刊给我看,还寄来鲁迅先生主办的刊物《海燕》。有一本《小说家》月刊,也是您寄给我的，上面有小说家座谈记录，提倡新人创作。这一下我来了劲，不管三七二十一，不问行不行，大胆地写了起来。

我写了一篇题为《教室风波》的短篇小说（准确点说是篇速写）寄给您，不久，在上海的一本刊物上登了出来。如今想不起刊物的名字，是本跟救亡运动有关系的半公开刊物。

那时，国民政府不准讲抗日，我写小学生拒用东洋货铅笔，闹出一场风波。我把校长写成反面人物，其实我的小学校长并不是那种人，是虚构的。我怕校长看到不高兴，产生误会，没有投寄当地日报副刊。

老师！就这样，您不断鼓励我，引导我练习写作，给我打气，可我不是这块料，又不肯下功夫，辜负了您的期望。

演戏我倒蛮有兴趣，大概是觉得好玩吧。沙名鹿老师带领我和同学们组织了一个"镇江儿童剧社"，也得到您的鼓励与支持。我们演了三个话剧：《父归》、《洋白糖》（洪深、凌鹤等集体创作），以及您用墨沙笔名发表在《文学》月刊上的《父子兄弟》，演出地点在伯先公园演讲厅。

前年，读您的回忆文章《漂泊年年》，知道早在一九二九年，您和左明、赵铭彝在镇江组织民众剧社，也演过《父归》，而且也是在伯先公园演讲厅。更早，在上海，南国社演出《父归》，您扮演二哥，即菊池宽原作中的新二郎，而我在儿童剧社也是扮演的新二郎。都是巧事。

一个小学生的怀念

一九八三年，随阳翰老到四川访问，旅中跟您谈起《父子兄弟》，您告诉我，这个剧本实际上是田汉写的，当时他被捕，刊物不能用田汉的名字发表，才由"墨沙"顶替。怪不得您的剧作集里没有《父子兄弟》，查《田汉文集》也不见，没有人知道这件事了。

您写信告诉儿童剧社：不要光演大人的戏，小孩子应当演儿童剧。您寄来许幸之的两个儿童剧《古庙钟声》和《最后一课》，还特地写了《一个孩子的梦》独幕剧，在上海出版时前面有一篇长长的《代序——给我的读者》：

> 亲爱的读者，你今年十几岁？几年级？——我们谈谈好么？——唷！别绷着脸，我们做个朋友吧！告诉你：别当我跟你们老师一样，是个又高又大的大人；来，比比看，我跟你一样高哩！今年，我小学还没毕业呐！来，这儿是我的手，我们握着。
>
> 好了，谈吧。——你想读这本《一个孩子的梦》么？慢着，先让我们谈谈。

于是，您就谈心、讲故事那样，跟小朋友谈了许多许多，真有味。末了，您要小朋友：

请你写封信来，我们永远做个朋友。另外，我还预备一件礼物送给你。——我的通信处是：上海，静安寺路，斜桥弄，读书生活出版社转陈白尘收。

我们收到这三个剧本，高兴得跳起来，马上排练，准备暑假演出。没等到这一天，卢沟桥炮声响了，神圣的抗战开始了，儿童剧社改为街头宣传演活报剧，演了《扫射》，好像也是您赶写出来的，是讲日本侵略军在上海屠杀中国老百姓的。

在《一个孩子的梦》这个戏里，小学生高喊出："打倒日本帝国主义！"（书上只能印成"打倒××帝国主义"）排练的时候，我们一遍又一遍高呼口号，说不出地痛快，到现在我还想得起来同学们激动的样子。现在年轻人、小朋友难以想象，在"救国有罪"的年代，在公开场合喊这个口号多不容易，你要抗日？哼！你"思想左倾""受共党煽动，危害民国"。沈钧儒、韬奋、李公朴等"七君子"，不就因为这个吃官司，关进监牢？

当年，为什么小娃娃演戏，有人愿意掏钱买票看，现在回想起来，可能出于爱国心。儿童剧社演出的收入，全部捐给了傅作义的二十九军，支援绥远抗战。那时，民族存亡之际，老百姓不愿做亡国奴，同仇敌忾，支持救亡运动，何况又是小孩子们的爱国行为。老师之所以给予我们鼓励和支持，可能还有一个原因，希望小演员中有的将来成为大演员，参加到演剧行列中。

有意思的是，下一年，一九三八年，我在汉口找到的饭碗，就是出版《一个孩子的梦》的出版社——读书生活出版社，也就是后来的三联书店，您说巧不巧？这碗饭一直吃到退休。吃这碗饭，有顺心的时候，也有倒霉的时候；有开心的时候，也有苦恼的时候；还有"莫名其'沙'"（我们小孩子的话，您懂得），始终弄不明白"什么是什么"。"曾经深爱过，曾经无奈过""谁能告诉我？"老师！真想跟您谈谈这几十年！

您有了第一个孩子陈晴，特地从上海寄给我一张他的照片，说是我的弟弟。是的，是我的弟弟，尽管后来始终未见过一面。不幸的是，五十年代他在莫斯科学习期间早逝，如果还在，现在也有六十岁了。他的照片我至今保存，师母说，这张照片老师家里都没有。

我告诉别人，陈白尘先生是我的老师，甚为得意，而您也认可了。后来，一九八三年，在成都的一个座谈会上，您当众用四川话说了一句："范用是我的学生。"阳翰笙、葛一虹、戈宝权、罗荪、凤子先生在座，他们一定奇怪：白尘怎么会有一个干出版工作的学生？我只得也用四川话说："学文不成，学戏又不成，我这个学生愧对老师，只能说在做人方面没有丢老师的脸。"今天，我要再说一遍，以告慰老师在天之灵。

"等闲白了少年头",如今,我也老了。可是在您的面前,我永远是小学生,一个不及格的学生。您的深情厚爱,学生永久铭记在心!

魂兮归来,白尘老师!

抗战胜利五十周年,乙亥清明

第一本书

我知道生活书店,是在上小学五年级,看了杜重远主编的《新生》周刊。级任老师周坚如订有这份刊物,我很喜欢看,每期向他借,周老师干脆订了一份送给我。周老师生活清苦俭省,每天清晨花一个铜板喝碗豆浆,但是舍得花一块八毛钱订份杂志(全年)给我看。师恩终生难忘!

看生活书店的书,第一本即韬奋编译的《革命文豪高尔基》,是沙名鹿老师借给我的。沙老师教低年级,年轻,活跃,爱好文艺,几个爱看小说、爱唱歌的高年级学生,很自然地被他吸引在周围;与其说他是老师,倒不如说他是大哥哥。

一九三六年夏天,高尔基逝世,"一盏理智的明灯熄灭了!"消息传来,正值暑假,沙老师组织我们选读文学作品,头一篇就是高尔基的《海燕》,用的瞿秋白译文,逐句逐段讲解,并且朗诵。我们印成活页文选,人手一份。我因为刻写钢板,文章印象更深:"白蒙蒙的海面的上头,风儿在收集着阴云。在阴云和海的中间,得意洋洋地掠过了海燕,好像深黑色的闪电。""那是勇猛的海燕,在闪电中间,在怒吼的海的上头,得意洋洋地飞掠着,这胜利的预言家叫了:'让暴风雨来得厉害些吧!'……"这篇散文诗,至今,我还能背诵十之八九。

同时,沙老师还教我们唱《伏尔加船夫曲》《囚徒之歌》,前者是流行的俄罗斯民歌,后者是高尔基作的词:

> 太阳出来又落山哟!
> 监狱永远是黑暗。
> 我虽然生来自由,
> 哒哎哟哒哎!
> 挣不脱千斤铁链。

随后,沙老师借给我一本《革命文豪高尔基》,厚厚的一大本。这本书是韬奋根据康恩所著《高尔基和他的俄国》编译的。韬奋力求把它写得适合中国读者阅读,但是对于十几岁的小学生,还深了一点。不过它的前几章"儿童时代""幼年时代""青年时代",我能够一路看下去,津津有味。这几章讲高尔基五岁失父,成了孤儿,十岁投身社会谋生,当学徒,十二岁逃难到伏尔加河,过流浪生活,和码头上脚夫做朋友,到轮船上洗碗碟,在神像铺子绘图。其间,开始读书,看了普希金、果戈理、龚古尔、司各特等人的作品,使他超越了当前的环境,用新的眼光去观察社会,体验生活。

第一本书

这本书对我最有影响的,是开头的一段话:

> 物质环境支配人的力量诚然是很大的,但是人对于环境——无论是怎样黑暗的环境——的奋斗,排除万难永不妥协的奋斗,也能不致为环境所压倒,所湮没。

这一段话,标了黑点。书里还有不少标了黑点的话,我都抄在一个本子上,一有时间就拿出来看。这些话刻印在我的脑子里。

读了《革命文豪高尔基》,我开始懂得怎样去面对命运,怎样走上崎岖的人生之路,尽管我还很幼稚,还不十分清楚。我出生在小商人家庭,生性软弱,这部书给了我勇气。这一年,我也失去了父亲,生计成了问题,不仅失了学,而且感到前途茫茫。感谢韬奋先生的这本书,尤其是写在全书之前的几句话,在精神上给了我莫大的鼓舞:不要畏惧,学高尔基那样,唯有奋斗,才有生路。

读书生活出版社的书,我最早看到的,是一本薄薄的小刊物,柳湜主编的《大家看》半月刊,小三十二开本,每期只有三十面。

柳湜在创刊词《见面的交代》里这样写道:

我们要大家看什么?

看我们自己生活中的形形色色,看我们今日生活着的世界与中国,看敌人的屠刀和我们的抗争,看我们日常生活中的一切受苦受难的同伴。

看清了世界及中国,我们会知道中国究竟应该怎么办!

看清了生活中的一切,我们才知道中国究竟应该怎么过,才是办法!

我们要求大家看,自己看了,还要别人看,自己认识了世界,还要帮助他人也把眼光扩张。

大家看!大家看!不仅看,还要干!挺起身子来把天下兴亡担,大家都如此,中国就有望。

文章作者有李公朴、艾思奇、金仲华、恽逸群、陈楚云、曹伯韩、以群、陈白尘、张天翼……用最浅近的语言,跟读者谈心,讲种种大道理。还有诗歌、弹词、连环画、国难地图。

《大家看》每本只卖二分钱,它登广告说:"少吃一包花生米,就可以看一本《大家看》。"这本杂志我买得起,不仅自己看,还带到学校里给同学们看。

"不仅看,还要干!"太可怕,"煽动阶级斗争"。《大家看》出到第二期就被国民党查禁。下一年,一九三七年冬天,在汉口读书生活出版社,见到柳湜先生,很高兴,他和李公朴先生在办《全民抗战》周刊。我告诉他:"大家看,不仅看,还要干!"他笑了,拍拍我的头。

在穆源小学,我也办了一个刊物,也叫作《大家看》,不过是手抄的,是给同学们看的。别的我还干不了,就干编辑、出版、发行,一个人包办,自得其乐。

那时,我还看到读书生活出版社的另一个刊物,陈子展主编的《生活学校》半月刊,它是接替李公朴、艾思奇主编的《读书生活》半月刊而出版的。读书生活出版社出版的高尔基的长篇小说《在人间》,我也从图书馆借来看了。

就这样,我如饥似渴,不分高中低兼收并蓄,只要能够满足我的读书欲望,统统看,上了瘾。在三十年代,年轻人都很苦闷,只好到书本里寻找答案,像我这样的"三联"读者,何止万千。

新知书店的书,我看的第一本,是陈白尘先生从上海寄我的《最后一课》,许幸之写的儿童剧,写一群不愿做亡国奴的孩子们的怒吼。当时,我们一批小学生正醉心于演话剧,组织了一个儿童剧社,已经公演过一回,于是我们在暑假里排练《最后一课》和别的两个儿童剧,准备第二次公演。"七七"炮声响了,日本人真地打来了,神圣的抗战开始了,我跟千千万万同胞一样,投入抗日的洪流。而今后的生活,很可能背井离乡,像高尔基那样去流浪、打工、走进"人间"。顺便说一说：陈白尘先生也写了一个儿童剧《一个孩子的梦》，讲两个儿童想抗日的故事，抗日爆发前三个月在读书生活出版社出版，我们儿童剧社也排了，我这也是"不仅看，而且干"。

在那个时代，我能读到"三联"的书，是一种幸福。我常常想，我们的下一代，在读书方面，也能够有这种幸福还是别的什么？世上还有不平事；富了不完全等于文明；愚昧落后还是难治的顽症……我们做出版工作的，要多想想这一类问题。

就这样，我先是"三联"的一名小读者，"三联"的书引导我走上人生之路，在精神上给了我鼓励，在思想上启发我追求进步，懂得爱与憎、善与恶。在成为"三联"的工作人员之后，我又在工作中学到不少东西，在这里锻炼成长。正因为如此，我热爱出版这一行，愿意把我的一点心力、一点余热奉献给"三联"，也就是说，奉献给"三联"的读者和作者，尽管我已年老。

我也乐于看到"三联"后继有人，乐于看到韬奋精神代代相传。

一九九七年九月十七日

难忘一九三八

一九三七年"八一三",日本侵略者在上海开火,抗战开始。但很快中国军队就溃败西撤,敌人逼近镇江——我的家乡。

这一年,我刚考进中学,刚拿到老师发给的一摞新课本,我一一包上书皮,很兴奋。而且住读,校舍是新建的,一切都感到很新鲜。

九月中旬,消息传来,日军逼近苏州。镇江与苏州相隔不过几站,住校学生一哄而散,都回家了。

我家只有母亲和外婆两人,我是独苗,一定得保住,外婆拿出八块银圆,叫我上汉口投靠舅公。

舅公在汉口会文堂书局当经理,他和外婆感情甚笃,当然收留我,亲切照顾。十分幸运的是,从上海搬来汉口的读书生活出版社租用会文堂书局二楼办公,我每天吃完饭都到出版社去玩,吸引我的是,出版社有很多可看的书,还有杂志。出版社的工作人员除经理黄洛峰和方国钧、孙家林三位年纪较长,其余六七人都是青年人。

不知为什么,黄洛峰很喜欢我这个十五岁的孩子,一见我就放下工作,拉着我的手问这问那。后来同事开我的玩笑,说我好像是黄经理的儿子。

第二年,一九三八年开春,舅公一病不起,舅婆只好回浙江老家。走之前,她买了一篮鸡蛋,把我托付给黄先生(出版社的人都这么叫他)。从此我成了读书生活出版社的一名工作人员,当练习生。

现在还可以在一张读书生活出版社工作人员在会文堂书局门口拍摄的照片上看到那个个儿最矮的就是我,站在我左边的是赵子诚,第二年,一九三九年,他成为我入党介绍人。

1938年在汉口与读书生活出版社同事合影。个子最矮的是范用,他左边的是赵子诚,次年介绍范用入党

第一个月,我拿到八块钱工资,我想,如果外婆和妈妈知道了会多么高兴,伏星(我的小名)会挣钱了。可是此刻她们在哪里?怎么逃过日本鬼子烧杀?还在镇江吗?还是躲到乡下去了?

那时候,一个月伙食费是六块钱,余下两块钱,万国钧先生出差去广州,用这两块钱给我买了件开领汗衫(网球衫)和一双力士鞋,这在那张照片上也可以清楚地看到。

我在出版社的工作,先是打包、跑邮局、送信,后来当收发、登记来信。我犯过一个错误,挪用读者寄来买书的邮票,给同事陆量才(家瑞)发现。他把我拉到一旁批评了我。以后,牢记这一教训,再也没有犯过错误。

在武汉,是国共合作蜜月时期,汉口有八路军办事处,公开发行的共产党机关报《新华日报》在汉口出版,《群众》周刊由读书生活出版社发行。

一些从延安出来去江南开辟抗日根据地的八路军首长,或者从江南去延安经过武汉的同志,好多都到读书生活出版社。我见到的有罗炳辉将军和彭雪枫将军,我写过一篇题为《将军》的文章记叙他们。

作家周立波,过去在上海和黄洛峰是国民党监狱中的难友,他在读书生活出版社搭伙,每天都来,还有一位作家舒群住在读书生活出版社亭子间编《战地》杂志,也在出版社搭伙。他们两人也很喜欢我这个孩子。

立波有一本稿子《晋察冀边区印象记》在读书生活出版社出版，其中照片插图的说明文字，他不要排铅字，要我写了制版印出，我写了。看到自己写的字印在书上，高兴极了。

《新华日报》和读书生活出版社亲如一家，因此我认识了《新华日报》好多位先生，如潘梓年、许涤新、章汉夫、吴敏、徐君曼等。《新华日报》开完会，请读书生活出版社的一伙参加，还要出节目，我登台唱《卖梨膏糖》，边唱边向下撒糖果，每个糖果里有一张抗日口号，大家振臂高呼，这情景我到今天都记得。那时有两个小范，男的是我，女的是范元甄，她唱《丈夫去当兵》。范元甄后来去了延安。这个人后来变了，她的女儿李南央写了本书《我有这样一个母亲》。

一九三八年，是我人生的转折点。这一年，党收留了我，教我学会做事做人，引导我走上革命道路，做一个有益于人民的人。

试想，如果当年不是外婆叫我出外逃难，到汉口投靠舅公，如果舅公所在的会文堂书局二楼不是租给读书生活出版社办公，我到读书生活出版社当练习生，参加共产党，走上革命道路，而是留在日寇攻陷的镇江当顺民，只能学生意，做个小商人。

说人生会有机遇，这就是机遇，可遇不可求。我是幸运儿。

难忘的一九三八年！

重庆琐忆

一九三八至一九四六年,我在重庆读书出版社工作,曾经几次到红岩村八路军办事处和曾家岩五十号"周公馆"。这两处地方现在已经作为革命遗址对群众开放。因此,这次到重庆去那里参观,里里外外、楼上楼下都走到,流连不去。

在红岩革命纪念馆,看到有关中共南方局的组织介绍里写着文化组的先后负责人是凯丰同志和徐冰同志。

一九三九年我刚入党,关系先在市委,后来转到八路军办事处(当时不知道有个南方局)。与我单线联系的是陈楚云同志,他在读书出版社主编《学习生活》半月刊。一个星期天,他带领我到七星岗附近的一个小楼房里听凯丰同志的报告。听报告的不到十个人,我能认得出来的有胡绳、赵冬垠两位。在这以前,我已经在报纸、杂志上读过凯丰的文章,读过他编译的《什么是列宁主义》。这次见到了他,普普通通的样子,留个平头。报告的内容是讲知识分子问题,就是后来在刊物上发表,还印成了小册子的《论知识分子》。这在我这个年轻人听来,自然感到很新鲜。

凯丰同志不止一次到冉家巷读书出版社，来时手里挟着一个布包，里面是稿件之类，是由延安带到重庆出版的。新知书店和读书出版社在一个地方办公，有的稿子就由新知书店用"中国出版社"名义出版。我从楚云那里知道，我们这几个出版社的编辑工作是由凯丰领导的。

后来听说凯丰调回延安，改由徐冰同志同我们联系。早在汉口的时候，我读过他和成仿吾同志合译的《共产党宣言》，以为又是一位理论家。其实他比凯丰同志还要随和一些，使人感到亲切。从曾家岩到民生路，徐冰同志来回都是步行，一路上有特务跟着。有一回，他回到曾家岩，干脆走进巷口的一家茶馆，招呼跟在后面的那个小特务："你跟了我一天，坐下来歇歇脚。"特务未曾料到这一着，只好坐下。徐冰对这个小特务开导了一番，告诉他为什么特务不是人干的道理。说得对方低下了脑袋。

徐冰每次到读书出版社，先同担任经理的黄洛峰同志联系，再到我住的三楼小阁楼，谈完了工作，他总抓紧时间对我讲讲国内形势，上一课。最后还要问我最近读了些什么书。我告诉他在"啃"中国古代史，读郭老的《中国古代社会研究》，想弄清一下"亚细亚生产方式"、中国古代史分期问题。他笑了起来，劝我不要好高骛远，读书要由浅入深，先学近代史。以后他送给我延安中国现代史研究会编的《中国现代革命运动史》

和范文澜的《中国近代史》《中国通史简编》。打这起，我才认认真真地读了几本中国历史。后来从事编辑工作，常常想起徐冰同志对我的开导。我们党内许多老同志都有认真读书、好学不倦的习惯，而且关心年轻同志的学习。我们这一代正是在老同志的帮助、引导之下成长起来的。我们应当继承和发扬这一好传统。

徐冰对我的帮助，还有更多更重要的，那就是从思想上启发我注意克服小资产阶级的习性，尤其是清理过去所接受的"左"的影响，改变华而不实、哗众取宠的作风，学会扎扎实实地工作，学会在复杂的、恶劣的环境下应付各种可能遇到的情况。

解放以后，徐冰担任党中央统战部部长。一九六五年，在中南海怀仁堂听报告，散会时看见徐冰同志坐在走廊里，两手撑在手杖上，面带病容，对我点点头，没有说什么。那些年头，不知为什么，大家都有一种不安的心情，不久"浩劫"开始，徐冰同志也就在所谓"六十一人叛徒集团"一案中受到诬陷，冤死在狱中。

一九四五年抗日战争胜利，何其芳同志从延安来到重庆，改由他与出版社联系，后来知道他是"文委"的成员之一。我年少时看过他的《画梦录》，虽然看不大懂，但很喜欢读，甚至有的句子都背得出。以后其芳同志到延安，写出了《夜歌和白天的歌》那样的作品，给人们的感受就完全不一样了。总之，我能够认识这位仰慕已久的诗人，在他的领导下工作，自然十分高兴。

其芳同志是个作家，一个非常了解知识分子的党员，因此，在统战工作，在团结知识分子方面，工作就更加细致，使我学到更多的东西。其实，这也是周恩来同志领导下南方局工作的一个突出方面，其芳同志在这方面认真地贯彻执行党的指示。记得这么一件事，其芳同志曾经传达周恩来同志的指示，要出版社从经济上去接济一些贫病的作家，但须特别注意方式，采用约请写稿的办法预付作家稿费，这样，作家不至于拒收。至于以后是否交稿，不必催问，只要把钱送到就算完成任务。我还记得，组织上曾经要我送一笔钱给著名京剧演员金素秋，我在中营街的一个搭在臭水沟之上的破房子里找到了她，正病在床上。桌上放着她创作的一本现代京剧《残冬》，我请她将这本稿子交给我们书店出版，请她收下预付的稿费。后来，《残冬》印了出来。我从一位波兰诗人的诗集中借用了一幅插图印在《残冬》的封面上，这幅插图画的是一个穷妇人双手举着一个死婴。我觉得它可以表达出剧的含义。

其芳同志给我另一个深刻印象，是他善于体察知识分子的思想。他经常带来报纸或杂志，指出某些作品的倾向，进行实事求是的分析。在这方面，我感到其芳同志观察问题之敏锐，不单是从政治,而且从艺术上着眼。更重要的,还联系作者历史地看问题。这就使我有机会学到更为谨慎的、细腻的思想方法和作风。

在红岩村、曾家岩五十号,我还见到许多位我所敬爱的同志。例如有一次在五十号传达室里看到王若飞同志。时值夏天,若飞同志身上穿的衬衫几乎已经破得不成样。陈舜瑶同志告诉我,他就是那样的人,公家发给他新衣服总舍不得穿,又退了回去。

在重庆短短的几天,每走到一个地方,总要想起逝去的岁月,我永远怀念着的师长、战友。倘若有机会,我愿再到红岩村、曾家岩五十号。在这里,可以洗涤胸怀,获得慰藉,受到鼓舞。感到革命前辈们和我们同在,就像昨天一样。

一九八三年七月

给毛主席买书

毛泽东一生酷爱读书，好学不倦，看书看期刊，而且看得很杂，堪称模范。

一九三九年，我在重庆读书生活出版社工作，办理读者邮购。我很乐意做这件工作，因为给读者买书，可以跑书店。我平日就爱逛书店，每天都要到书店街（武库街，今民主路）遛遛，到书店看书。同事给了我一个外号"书店巡阅使"。

读者邮购来信有从延安寄来的。写信人李六如，地址天主堂。李六如后来写过一部长篇小说《六十年的变迁》。当时大概做毛主席的秘书。每次来信都附有一张购书单，用毛笔写在油光纸上。同事告诉我，从笔迹看，这书单是毛的字。那时在国统区还没有叫"毛主席"的习惯，直呼其名其姓，也没有把毛主席的手迹视为墨宝。事情办完，这些信件、书单也保存一个时期就处理了。如果这些书单保存下来，对研究毛主席读书生活有用，还可以作为文物。

抗战胜利后，我调到上海工作，组织上给我一个任务，为毛主席买报纸杂志。那时上海出版的报纸杂志有百来种，每种买一份，连英文的如《密勒氏评论报》也要。买来的报纸杂志，打包托党的贸易机构运走，他们有条机帆船，往来于上海、烟台，运送物资。运到烟台，再转送河北，可能是平山西柏坡党中央所在地。

我也很乐意做这件工作，可以饱看过路报刊。因为买报刊，我交了几个报贩朋友"小宁波""小山东"，跟他们混得很熟。有一回在虹口，有个报贩悄悄告诉我："今天这一带有狗特务，当心点。"

在重庆，有一次给了我一个任务，搜集章回体旧小说。我将重庆新旧书店里的旧小说搜罗了一批，交给八路军办事处转送延安。那时重庆文艺界正在热烈讨论民族形式问题，延安艾思奇、周扬、陈伯达也在发表意见，可能毛主席注意到了，研究这个问题，要看旧小说。这是我的猜测。后来在《在延安文艺座谈会上的讲话》里就谈到"对于过去时代的文艺形式我们也不拒绝利用"。

附带讲一讲，我还给延安购买过一大批字典。柳湜在延安担任边区教育厅长，他是读书生活出版社创办人之一，跟我是熟人，托我办这件事。我将重庆市上能够买到的各种字典（大多是小字典、学生字典）搜罗了几百本，装了两麻袋，也是交"八办"运走。这批字典随叶挺、博古乘坐的飞机撞到黑茶山上一起遇难，没有运到延安。

迎接上海解放的日子

五月二十五日,值得纪念的日子。五十四年前,一九四九年这一天,上海宣告解放。

我于一九四六年由重庆调到上海工作。第二年一九四七年国共和谈破裂,中共代表团撤回延安,上海政治形势日益恶化,国民党特务狂捕滥杀,白色恐怖达于极点。生活、读书、新知三家出版社不能在上海活动,在报上刊登启事迁往香港,部分工作人员转入地下。我奉命留守上海,除了料理出版社未了事宜,同时接受组织上交付的任务,迎接上海解放。

组织上交给我的任务之一,是调查官方书店、印刷厂,尽可能详细,甚至包括这些机构负责人住址及电话,写成材料,交组织上转送丹阳第三野战军,印成手册,以便于接管。

这件工作得到一位朋友陶汝良的帮助。他是我们党的老朋友,参加过一九二七——一九二九年大革命,当时在福州路中国印书馆任职。这家印书馆与国民党中统局有关。在这样的环境下,陶汝良多方面地帮助我们。我党在国统区的机关刊物《群众》周刊迁往香港,每期寄纸型到上海,即通过陶汝良的关系找印刷厂印刷。有些书稿,由中国印书馆排版,把原稿中的"毛泽东"排成"王泽东",付印时再把纸型上的"王"字挖改为"毛"字。这些都是陶汝良冒着危险做的。可以说,在国统区我们党很多工作都是运用各种社会关系,依靠许多朋友才能完成的。

组织上交付的另一任务,是寄发警告信给官方书店、印刷厂的负责人,要他们保护好资产设备,不得转移破坏。这件工作是和许觉民、董顺华一起做的。上海解放后接管时,这些机构有的负责人拿出警告信说:信早收到,遵命照办了。

我还参与了一些策反和情报工作。淮海战役时,蒋军兵团司令黄维的太太在上海,有一位牙科医生刘任涛愿意介绍我找黄维太太,要她动员黄维率部起义。刘任涛和黄维都是留德的,一学医一学炮兵。此事正在进行时黄维兵团已被我歼灭。黄维太太于解放后安排在上海文史馆做资料工作,黄维甚为感激。情报工作,王默馨介绍上海警备司令部作战科科长潘刚德,提供有关防守上海的部署,包括吴淞口地区工事布置、上海兵力防御部署、沪宁溃退的残军交警总队、一二三军接防七十五军,以及其他有关军事情报。交付情报的地点在上海市政府对面汉密顿大楼的一个写字间。解放后当年参与此事的方学武告诉我,这些情报对攻打上海起了作用。情报显示浦东地区防御薄弱,即由此攻入上海。"文革"期间,潘刚德所在单位外调找我了解情况，我为潘刚德写了证明材料。这样的朋友，我们不应当忘记。

我还参与编印地下刊物，不是组织交的任务，是帮朋友的忙。当时戴文葆介绍我隐居在横浜桥海军月刊社，社长郭寿生也是我们党的老朋友。原在《文汇报》工作的陈尚藩和几位朋友自己掏钱买了短波收音机和手摇钟灵油印机，出版一份油印刊物，传播邯郸新华社消息。他们将稿子交我刻写蜡纸，拿到山东路一家皮箱店楼上油印数百份秘密散发。刊物的名字是我起的，一期叫《北方》，一期叫《方向》。其中有毛泽东的《目前的形势和我们的任务》一文。一九九七年陈尚藩病故，《文汇报》在讣告中说这份油印刊物，"在小范围代替被迫停刊的《文汇报》，起到传播解放战争的真实消息和党的声音的作用"。

一九四九年五月二十四日夜晚，我在晒台上看到浦东方向火光烛天，传来隆隆炮声。我非常兴奋，天要亮了！早上醒来，到弄堂口一看，人行道上睡着许多解放军，立即约了吉少甫去北四川路邮局，那里有香港三联书店早就寄来的毛泽东著作单行本纸型。存而不取，以待解放。经过茂名路时，十三层楼（旧锦江饭店）上还有残敌打枪。四川路上桥上还躺着许多蒋军尸体。

纸型取到后，迅速印刷，即在各书店发售，供应读者。

这一天，我到西藏路东方饭店报到，领到两套解放军军服和军管会臂章、中国人民解放军胸章。我成了一名文职军人。至今我还保留着这枚盖有"中国人民解放军上海军事管制委员会主任之章,中华民国三十八年佩用文字第一一〇"的胸章,作为纪念。

二〇〇三年六月十九日

回忆上海读书生活出版社

一九四五年八月十四日，日本宣布投降。重庆的生活、读书、新知三店做了新的部署，首先是把生活、读书、新知三店门市合并，称为"生活书店、读书出版社、新知书店三联书店"，这是第一次以"三联"的名义在读者面前出现。同时在北平、广州、长沙设立分店。三店的出版工作保持独立发展。一九四五年十二月，中共中央派出参加政治协商会议的代表团，由延安飞抵重庆，博古同志给读社带来一批解放社的纸型和样本。读社派万国钧携带纸型东下，随后，总店亦迁回上海，很快就印出一批书在京、沪、平、穗等地发行。到一九四七年，两年多的时间内所出版或重印的书籍，较重要的有《资本论》《唯物论与经验批判论》，普列汉诺夫的《论一元论历史观的发展》《思想方法论》，周筧（周扬）编的《论文艺问题》（原名《马克思主义与文艺》），高烈（博古）编译的《辩证唯物主义与历史唯物主义基本问题》，以及苏联科学院编的《近代新历史》《殖民地附属国新历史》，《中国近代史》（范文澜著），《中国民族解放运动史》（华岗著），《科学历史观教程》（艾思奇、吴黎平著),《唯物辩证法》(罗逊塔尔著),《辩证唯物论辞典》,《西洋哲学史简编》,《中国近代史参考资料》(杨松、邓力群编),《卡尔·马克思》,《恩格斯传》,《恩格斯论资本论》,《资本论通信集》等。

一九四六年,三店决定派更多的干部携带纸型、书籍到解放区开展工作,在当地党政领导之下,先在胶东,次在大连,以后在东北各地建立了光华书店。

这一年召开政治协商会议,但国民党反动派随即撕毁了政协决议,发动全面内战。生活、读书、新知三店又处于敌人的严重迫害之下。广州兄弟图书公司在一九四六年五月被特务捣毁。在北平,国民党特务以"人民戡乱除奸团"的名义在朝华书店的门窗上张贴布告,声称"朝华"是"奸党"在北平的潜伏组织,贩卖"反动书刊","宣传赤化",并在大门上贴了封条。七月十一日,读社创办人之一李公朴在昆明被国民党特务暗杀。十月四日,上海市各界举行李公朴、闻一多追悼大会。邓颖超代表周恩来宣读亲笔书写的悼词。

一九四七年春,国共和谈破裂,中共代表团被迫撤回延安,反动逆流达于顶点。六月一日,重庆三联书店经理仲秋元被逮捕。同一天武汉联营书店经理马仲扬等六人同时被捕,并搜查了书店门市部和宿舍,致使书店被迫暂时关闭。上海的环境也日益恶劣。地下党所领导的《文萃》杂志发行部"人人书报社"

转移到读书出版社原来办公的地方四川北路北仁智里一五五号,被特务破获,全体工作人员被捕。读书出版社在同一弄堂内,因发觉周围有可疑的人侦察,我前往"人人书报社"报信,被特务捕去,次日欧阳章去寻找,又被扣留,两人被中统囚禁两个多月,经多方营救,花钱由国际文化服务社韩侍桁疏通、光明书局王子澄保释出来。

一九四七年十月九日,中央社发表国民党中央宣传部副部长陶希圣"答记者问",声称"近来出版事业颇见萧条,但坊间充斥黄色书刊及共产党宣传书刊,两者同为麻醉青年之毒物。新知书店、读书出版社刊行共匪书籍尤多"。一九四八年二月十二日国民党上海市执行委员会发出查封"共匪宣传机构"生活、读书、新知三店的密令。这样,三店不得不紧急应变,决定同时撤退。十月十七日派人到大公报馆预先订了一处广告位,到深夜十二时报纸临开印前才送去稿子。次日全上海都看到《大公报》上生活书店、读书出版社、新知书店宣告结束迁往香港和《读书与出版》月刊休刊四条并列的启事。等特务发觉,已经人去楼空。欧阳章、欧建新进入解放区。我和丁仙宝等留在上海。汪锡棣去南京,并秘密运去一批书籍,寄存友人朱文华在下关开的金山药房内,准备迎接解放。

一九四七年六月底,读书出版社即派倪子明、汪静波到香港筹办读书出版社分社。一九四七年九月底,黄洛峰、徐伯昕、沈静芷等先后到达香港，这时三店的领导中心，实际上已从上海转移到香港。读书出版社先后到港参加分社工作的有韦起应、石泉安、郑权（树惠）、唐雪仪（棠）等。万国钧则经常往来沪、港，联络两地工作。在香港，三家书店的党支部先后由胡绳、邵荃麟领导。

当时，读书出版社图书出版工作仍然在上海，由我办理，但是只能秘密地进行了。为了有一隐蔽的住处，丁仙宝利用亲戚关系到公路局总局上海办事处工作，我伪装养病住入公路局的宿舍，白天跑印刷厂，晚上关起门看校样。这时，郭大力由福建分批寄来马克思的《剩余价值学说史》的译稿，一百几十万字，不到一年就全部由一个仅有几名排字工人的小排字房排好，打成纸型，又向印刷厂借了三百多令报纸印成书，全部装箱存入银行仓库，准备上海一解放就可取出发行。在这期间，还排了《巴黎圣母院》《有产者》等外国文学名著。与此同时，在郑易里主持下，编出《英华大辞典》，并且发排。这部大辞典，解放后由三联书店出版。出版《英华大辞典》和外国文学名著，当时是出于经济上的考虑，作为二线的工作。

这里，讲讲印书的事情。读书出版社没有印刷厂，排印书刊，只能同印刷商打交道。这些印刷商当然不了解读书出版社的底细，但是生活、读书、新知三家书店是"有颜色的"，多少是知道的。他们为读社印书，固然是为了做生意，但"读书"

与这些印刷商关系搞得很好,也很重要。因此,他们明知担风险也肯帮忙。特别是在上海解放前的两三年,在风声很紧的情况下,大华(王璧如一家)、合作(王良生等)、协兴(成宝林、培熙父子)、大陆(包森源)几家印刷厂一直为读书出版社排版或印装书籍。有一位陶汝良,早年参加过革命,后来开书店、办印刷厂,抗战胜利后到上海,以私人关系介绍到中国印书馆任营业主任,这个印书馆的董事长是"中统"特务头子叶秀峰。陶汝良同黄洛峰、万国钧关系甚好,在印书、"调头寸"等方面,给了不小的帮助。说来使人难以相信,读书出版社和生活书店有几本书就是在这样一个与"中统"有关系的印刷厂排印的。一九四七年春,中共上海代表团撤退的前一天,《新华日报》徐迈进匆匆到读书出版社留下两期《群众》周刊纸型,由陶汝良介绍到明星印刷厂印了出来。不久,"中统"逮捕了明星印刷厂的老板,并且扣押陶汝良讯问。十分可贵的是,陶汝良和明星印刷厂的老板始终没有说出与读书出版社的关系。上海临解放,为给"三野"提供材料,党组织交给方学武和我调查官僚资本的出版机构情况的任务,陶汝良也给了很大的帮助。

一九四七年十二月二十五日,毛泽东同志发表了《目前形势和我们的任务》这个著名报告,宣告中国人民革命已到达一个伟大的转折点,蒋介石反革命势力已走向覆灭的道路。香港三家书店的同志们和全国人民一样受到极大鼓舞,在党支部的发动下，三店同志购买了大批刊登这篇重要文献的《华商报》向国内寄发，扩大影响。到了一九四八年，全国胜利在望，三家书店根据党的指示，着手全面合并办三联书店，准备把主要的人力、物力转到解放区，迎接全国解放。大约在八月间的一天晚上，章汉夫到黄洛峰住处，通知他中央已来电，让黄早日到中央所在地河北平山筹备成立中央出版局，并催促加速进行三店的合并工作。当时三店合并工作，由胡绳、邵荃麟、黄洛峰、徐伯昕、沈静芷为领导核心，进行规划。一九四八年十月二十六日，三联书店总管理处成立。至此，作为革命出版机构之一的读书出版社完成了自己的任务，并入三联书店。

在"孤岛"上海出版的三部名著

一九三七年七月,抗日战争爆发。八月,日军进攻上海,冬天中国军队西撤,上海租界沦为"孤岛"。

在"孤岛"留下的文化人,其中不乏不畏敌伪恐吓、绑架、暗杀,坚守新闻出版阵地的志士。在他们的艰苦努力下,出版了几部皇皇巨著:二十卷本《鲁迅全集》,三卷本《资本论》和《西行漫记》《续西行漫记》,值得在中国现代出版史上大书特书一笔。

编印《鲁迅全集》,在当时谈何容易。全集的编辑出版,名义上是鲁迅先生纪念委员会和鲁迅全集出版社,实际主其事者是许广平和胡愈之两人。他们两位竭尽一切办法筹集资金,组织编印,推销发售,靠热心人士和朋友们的赞助。据我所知,当时国民党著名人士邵力子就预订了二十部,在昆明经商的郑一斋也预订了二十部,分送昆明的一些中学。生活书店则承担了全集在内地的发行工作。

美国记者埃德加·斯诺和宁谟·韦尔斯的《西行漫记》《续西行漫记》的出版,也是采用募款方式。当时斯诺正在上海,收到从美国寄来的《西行漫记》印样，胡愈之见到，表示愿把这一部第一次向世人报道中国共产党内幕以及中国工农红军二万五千里长征的书翻译出版介绍给中国读者。斯诺了解到出版此书的复社是由读者组织起来的非营利性质的出版机构，便慨然表示"我愿意把我的一些材料和版权让给他们，希望这一个译本，能够像他们所预期的那样，有广大的销路，因而对于中国会有些帮助"。斯诺说的"对于中国会有些帮助"，当理解为对于中国革命会有些帮助。

正如斯诺所预期的，《西行漫记》中译本出版以后，迅速在读者中传播开去，无数追求进步的青年读了这部书，走上了革命的道路，历经艰难险阻，奔赴革命圣地延安。

《西行漫记》书名原为《红星照耀中国》，翻译这部书的有十几位译者。为了便于出版发行，胡愈之把书名改为《西行漫记》这样一个隐晦的书名。胡愈之向朋友们征订，朋友问《西行漫记》是讲什么的，胡愈之说你不必问内容，掏钱预订就是。预订者后来拿到书才知道买了一本什么样的书。

《西行漫记》和《续西行漫记》在上海出版的次年，我在重庆花了相当于半个月工资的代价买到这两部书。读了以后思想受到极大的影响，知道了原来不知道的许多事情，知道了中国工农红军，知道了二万五千里长征，知道了人称"朱毛"的毛泽东、朱德以及其他红军领导人。

我买的这两部书在朋友们中间传阅，数不清有多少人。由于大家很爱惜，书始终保持原貌，成为我最珍贵的藏书。有一年中国革命博物馆举办有关斯诺的展览，曾借去展出。为纪念中国人民的这位老朋友，我希望有出版社按一九三八年初版本原样重印《西行漫记》和《续西行漫记》。

一九六〇年，斯诺和夫人洛伊斯·惠勒·斯诺来华访问，毛主席曾亲切会见，并且在国庆节与周恩来和他们登上天安门城楼，参加庆典。

一九七五年，美国出版洛伊斯·惠勒·斯诺所著《尊严的死——在斯诺生命的最后日子里》一书。这一书名是美国书商取的，斯诺夫人并不满意，她原来想取名《中国人来了》。三联书店出版中译本，用斯诺临终时用生命的最后的力量讲出的一句话作为书名："我热爱中国"。斯诺夫人认为这个书名改得很好。封面上的斯诺像，她觉得画得很好，很有趣。这幅像是我的同事宁成春所画，后来评选封面还得了奖。她在书上签名题词留念："在友谊中"。洛伊斯·惠勒·斯诺在这本书里记叙了斯诺生命最后的日子。斯诺逝世后，毛泽东在唁电中说："他将永远活在中国人民心中。"宋庆龄在唁电中说："埃德加·斯诺在中国人民的记忆中将永葆青春。"

斯诺夫人在访问中国期间，还赠送我三张斯诺签名的照片，十分珍贵。

卡尔·马克思的《资本论》全译本的出版,是马克思主义在中国传播的一件大事。一八六七年,马克思的心血结晶《资本论》问世,在全世界造成很大影响。中国有识之士一直想将这一巨著介绍于国人,但是没有书店愿意组织翻译出版,倒不是政治原因,而是顾虑没有多大销路。后来《资本论》个别章节曾经有人翻译出版,但并未引起普遍注意。

一九三六年,黄洛峰接手主持读书生活出版社,不久即发生沈钧儒、李公朴等"七君子"爱国被捕入狱事件。在白色恐怖下,读书生活出版社经营发生困难,经济上维持不下去。这时,郑易里从云南哥哥郑一斋那里借了三千银圆,使刚刚成立的出版社又活了起来。黄洛峰、艾思奇、郑易里大胆设想翻译《资本论》全书。此事工作量既大且艰难,找谁来啃这硬骨头?终于打听到郭大力能够胜任,于是把郭大力由赣州老家请到上海,在出版社那间小屋里从事翻译。译稿经郑易里校核,第一卷还请章汉夫校核。后来郑易里回忆:"中华民族的命运激发着爱国知识分子的使命感和责任感,在政治情况甚为复杂的'孤岛'上海,担负很大的风险,夜以继日地加快工作进度,终于不足两年时间,于一九三八年四月开始排版,争分夺秒随排随校,改完了即打纸型,这一整套程序,全由郑易里、郭大力两人完成。到秋天付印,第一次印了三千部,装了二十大箱,不料刚运到广州就随着广州的沦陷全部损失了。只好再印,陆陆续续经过广州港转运内地,又经过许多曲折和险阻,分批通过苏北新四军辗转运到东北。"

运到内地的,第一批送往革命圣地延安的《资本论》,就是读书生活出版社桂林分社的工作人员连夜打包装箱,由八路军办事处设法运走的。

在延安,毛泽东读过的《资本论》留有批注,如在第一卷扉页上原来印的出版时间是"中华民国二十七年八月三十一日",他在下面写了"一九三八年"。还写了《资本论》第一次问世是"一八六七年","在七十一年之后中国才出版"。到了一九五四年他再次阅读此书时,在第一卷目次下又写了:"一八六七年距今八十七年了"。(见龚育之著三联书店版《毛泽东的读书生活》)

《资本论》发售预订时,我正在重庆读书出版社工作,记得宋庆龄、冯玉祥、邵力子都曾经派人来预订。徐特立亲自到读书生活出版社那间二楼小办公室来预订。他见到出版社的工作人员都是二十岁上下的年轻小伙子,十分热情,给大家讲自然辩证法。老人家一口湖南话,眉飞色舞,给我留下深刻的印象,至今难忘。

在出版《资本论》之后,读书出版社又请郭大力翻译三卷本《剩余价值学说史》,全书百余万字,由我经手排校工作。我蛰居在上海闸北,每日往返排字厂取送校样,又向一家印刷厂借了三百令白报纸印成书,装在箱子里存入银行仓库,上海一解放,这部书就出现在书店中,出版名义为"实践出版社";这是天亮以前读书出版社在国民党统治区最后完成的出版工作。

五十年前

一九四九年五月下旬上海一解放,我就从三联书店调到军管会新闻出版处,先参加接管,以后在出版室做调研工作。

七月下旬,中宣部出版委员会调我到北平工作。

那时火车尚未畅通,时有蒋帮飞机空袭,车开到安徽明光,空袭警报,下车疏散,入夜才开行。我到一农家,买了一只母鸡,请农家当场宰杀,炖了一锅汤,美美地吃了一通。

军管会新闻出版处给了我一份证明书和一份转关系的信。证明书相当于路条,用的军管会信笺,上面写:"兹有本处工作人员范用同志赴北平接洽公务,特此证明。"是许觉民写的。觉民能写一手漂亮的毛笔字,后来很多书名、刊名都请他书写,堪称京中一书家。

证明书上贴有我的半身照。当时我已经穿上军管会发的土布军服,佩戴中国人民解放军军章和军管会臂章,但用的照片仍然是穿西服、打领带。

其实,我并不习惯于着西服,纯粹因为解放前在上海工作需要。我穿的这套三件头西服,还是健飞从解放区大连带来的,买的被遣返回国日本侨民的旧衣。

另一份作为组织调动工作转关系的信:"本处出版室范用同志,因工作需要,调往北平出版委员会工作,本处可予同意。"徐伯昕同志亲笔写的,盖有名章。伯昕同志是三联书店老领导,时任新闻出版处副处长。

这两份证书,都盖有"上海市军事管制委员会文化教育管理委员会新闻出版处"大章。

现在,这两份证书成为我的珍贵历史文物。

出版委员会在司法部街,也就是现在人民大会堂所在。主任黄洛峰,我向他报到,他叫来管干部的王钊。王钊劈头问我:吃的什么灶?我不知道如何回答。洛峰交代:中灶。原来食分三等。一等小灶,出版委员会只有主任享有此种待遇。二等中灶,华应申同志和一批中层领导干部吃中灶。一起吃中灶的有程浩飞、王仿子、徐律、朱希等几位老同事,我们又从天南地北聚到一起了。三等是大灶。所谓中灶,只是多一肉菜,主食中灶大灶一样,窝窝头、馒头、二米饭(大米小米混煮,看上去颇似蛋炒饭)。开始,我还不大习惯,参加三联以来,从来大伙儿都是吃一样的饭菜。后来知道,种种待遇要讲级别,关系甚大,不可等闲视之。直到现在开会拍照,谁坐谁立,谁前谁后,都有讲究。这一套,你得从不习惯到习惯,直到完全融入,习以为常。有些制度,如供给制,后来也改了。

当天晚上，让我睡在洛峰同志办公室。半夜铃响，陆定一部长打来电话，中南海夜里办公。我初来乍到，不知道怎么办。为此，出版委员会还挨了陆部长的批评。此后，建立了夜间值班制度。

跟上海完全不一样，北平是个十分安静的城市，给人以单调、严肃的感觉。人到了北平，心还在上海。倒不是想念家小，而是在上海住惯了，留恋那里的文化生活。上海是全国文化中心，有几十家书店、出版社，当惯了福州路"巡阅使"，每天都可看到新书杂志，报纸也有好多种。北平，只有一份《人民日报》可看。

睡在帆布床上，心里想，干一个时期再要求调回上海吧。

到北平的头一夜，我就做这个梦。唉！上海啊上海，殊不知就此一去而不还！

第二天，我脱下军服，穿上网球衫，出版委员会的小青年说，来了一个大学生，此人不是老干部。

我与蒋介石

我用了这样一个标题，其实谈的是我经手编印《蒋介石全集》和《蒋介石传》之事。

"文革"中揪斗我的罪名之一：为蒋介石树碑立传，为蒋介石反攻大陆做准备，出版蒋介石全集和传记。

我怎么可能给蒋介石"树碑"？"立传"确有其事，曾经主持编辑《蒋介石全集》，也曾经打算请人写《蒋介石传》。

出版《蒋介石全集》，是受命于上，而且是作为一项政治任务。大约是在"文革"前一两年，中宣部通知我开会，那时我担任人民出版社副总编辑，与会的还有中华书局总编辑金灿然。

中宣部副部长许立群主持会议，说毛主席一次接见外国客人，说了在王府井书店可以买到两个人的全集，一个是赫鲁晓夫，一个是蒋介石。我表示这两部全集都不适合由作为国家政治书籍出版社的人民出版社出版。金灿然说中华书局是出版古籍的，也不属于他们的出书范围。最后议定《蒋介石全集》由人民出版社出版，《赫鲁晓夫全集》则请世界知识出版社考虑。

我提出人民出版社承担这一任务有三点要求：一、请中宣部出具介绍信，由人民出版社派人到几个地方的大图书馆了解并调借蒋介石论著；二、请中宣部帮助人民出版社从一些出版社借调适合担任此项工作的编辑人员；三、请邮局给一免检邮箱，以便收寄从港台搜集的资料。

这三点都得到同意。于是，我派了三名编辑分三路调查、收集图书馆收藏的蒋介石论著：一路南下去武汉、长沙、广州，一路到西南的四川、云南、贵州，一路赴南京、上海。不久，大批资料陆续寄来北京，放了好几个书架；连蒋介石跟流氓头子拜把子的金兰帖都弄来了，洋洋大观。借调人员，由我开名单，须是熟悉这方面历史和资料的有经验的编辑，调来的不是"右派"，便是多少有点历史问题的人，加上我平日在人民出版社分管中国历史编辑室、外国历史编辑室、新华文摘编辑室，所用的人员也有一些这样的人，"文革"期间以"招降纳叛"之罪一起受到清算。当时，我还请人民出版社的一位编辑负责这个临时拼凑起来的编辑组，因而他在"文革"中也被揪斗，受到迫害，真对不起他。其他几位借调来的同志如果也因而遭殃，其咎亦在我。

《蒋介石全集》的编辑工作进展甚快，不久就编出了十几集，我通读了每一集，签字付印了一百部稿本，给中宣部打了个报告，附上一本稿本。报告说拟印一千部，限定发行范围。

没有几天，中宣部通知我，毛主席做了批示，要我去看。我看到毛主席的批示只有一句话："一千部太少，印它一万部。"老天爷！印一万部能够卖掉多少？

我阅读蒋介石早期的论著所得的印象，此人并不是不学无识之辈。黄埔军校时期，蒋介石每晚到学员宿舍巡视，当场训话，有条有理，且有见识。有一天，他甚至讲过这样的话："谁骂苏联，就等于骂我的爹娘"（查对后来文本，"反对苏联"改为"反对英美"了），挺革命。那时不像后来，有陈布雷、陶希圣给他捉刀，他也是个有点文笔的人。抗战时期在武汉，蒋介石有一号召国人奋起抗日的文告，据说是由时任政治部三厅厅长的郭沫若为其起草。

没有多久，"文革"出台，除了清算、批斗我的罪行，此事也就没有下文。后来我在干校听说，《蒋介石全集》的资料和档案，全部运到三线的山洞中保存，以后又运回北京，不知现在何处。

在文化部集训班，揭发此事的大字报，有数米之长，由三楼挂到一楼。我不敢交代此事是毛主席交办的，怕被说成"恶毒污蔑伟大领袖"。后来实在顶不住吃不消了，只好悄悄告诉造反派是怎么回事。一夜之间，这张大字报无影无踪消失了，我松了口气。只是当时我还不敢反戈一击，造造反派的反，说他们狗胆包天批到毛主席头上来了。"是可忍，孰不可忍！"

至于《蒋介石传》，完全是我个人出的点子。说来可笑，本意还不是为读者提供一部严肃的传记，而是编写一本政治读物。那时，东南亚一些国家的共产党都走到了台前，拥有相当多的群众，有的还参与了政权，分得席位，如印尼共。有一次，一位印尼共中央委员路过北京，希望知道一些做出版工作的经验，组织上叫陈原和我跟他谈。我讲了过去这方面的一些情况和经验，主要是要有两手，公开的和秘密的，要防备今天的合作者资产阶级反动派明天可能举起屠刀，中国在这方面有血的教训。后来印尼果然如此，印尼共领导人艾地连命也送掉了。

因此，我想从这一角度组织编写一本《蒋介石传》。我在人民出版社主持出版有关中国现代史的书籍，有两位热心的顾问，田家英和黎澍。恰巧黎澍的一位老相识严庆澍，即写《金陵春梦》一书的唐人，路过北京，我想他掌握这方面的资料可能比较多，是否可以让他写。我在黎澍的指导下拟就了一份编写《蒋介石传》的提纲，供他参考。我要求根据准确丰富的资料撰写一本严肃的传记，而不是演义，严庆澍后来病故，此事也就到此为止。

一直到现在，我有时还想到，我们应当有一本认真编写的《蒋介石传》。听说现在坊间也有一些关于蒋介石的读物，我没有看，不知其中有没有写得好的传记。此外，还应当编写一本类如吴晗主持编印的"中国历史小丛书"那样的较为通俗的读物,使年轻人多少知道一点蒋介石这个历史人物,多一点中国现代史的知识。陈伯达那本《人民公敌蒋介石》是为当时政治需要编写的,揭露蒋介石的反动本性和罪行,起过很好的作用,但算不上是传记读物。而研究中国现代史,蒋介石的言论著作资料,则是不可或缺的,是不是应当从这方面来理解毛泽东关于编印《蒋介石全集》的指示。

二〇〇一年十二月二十九日

办杂志起家

我知道韬奋先生和生活书店，是看了两本杂志。

一九三六年，几个小学生对演话剧发生了兴趣，一位老师拿来一本《文学》月刊，厚厚的一本，里面有一个墨沙的独幕剧《父子兄弟》，学生们排演了这个剧本。另一位国文老师订了一份韬奋主编的《大众生活》周刊给学生。这两本杂志都是生活书店出版的。从此，杂志在这个学生的生活中占了重要的位置，他一天不看杂志，就会若有所失。只有在干校"脱胎换骨"的日子里，只有一本《红旗》是规定必读的，跟看"样板戏"一样。

余生也晚。《新青年》《语丝》《小说月报》《创造周报》这些响当当的杂志，是后来知道的。在我从少年走向成人的三十年代，上海有好多杂志，几家著名的书店、出版社，几乎都是办杂志起家，各有一两本杂志作为台柱。

可以随手开列这么一些杂志：早一点的，如良友图书公司的《良友》画报，现代书局的大型文学杂志《现代》，继起的有开明书店的《中学生》，文化生活出版社的《文丛》《文季月刊》，上海杂志公司的《译文》《作家》《中流》和《自修大学》，时代图书公司的《时代漫画》《论语》。最热闹的是一九三六年，人称"杂志年"。

生活书店崛起不久，《生活周刊》即被国民党当局查封，改出《新生》，再封再出，于是有《大众生活》，有《永生》，有《生活星期刊》，有《国民》，人称"改头换面"战术，其实内容和形式依旧，明眼人一看就知道，合法斗争，官方无可奈何。

也就在这一时期，李公朴、艾思奇主办的《读书生活》半月刊自办发行，成立了读书生活出版社，也是查封一个再出一个，《读书生活》之后，有《读书》，有《生活学校》。

新知书店出版孙晓村、钱俊瑞、姜君辰主持的《中国农村》，因为中国农村经济研究会的诸君子活动有方，没有被查封，寿命最长，一直出版到四十年代皖南事变，才被勒令停刊。

可以说，担负着国民党统治区革命出版工作任务的生活、读书、新知三家出版社，都是先办杂志，再办出版社，并且都把主要力量放在办杂志。

除了上面讲的几种杂志，生活书店还同时出版了《世界知识》《妇女生活》《新学术》《新知识》《生活知识》《文学》《译文》《太白》《光明》《生活教育》《中华公论》《读书与出版》，号称"十大期刊"。读书生活出版社同时出版的杂志有通俗刊物《大家看》、理论刊物《认识月刊》。新知书店同时出版的有理论刊物《新世纪》《语文》和《阅读与写作》。

从抗战开始到迁入内地,生活、读书、新知先后出版发行的杂志有《抗战》《战线》《全民周刊》《全民抗战》《国民公论》《理论与现实》《哲学杂志》《战时教育》《读书月报》《学习生活》《文艺阵地》《文学月报》《文艺战线》《新音乐》。到四十年代初,政治环境恶化,除重庆一地,各地分支店全部被查封,这些杂志也全部停刊。抗日战争胜利后,在上海、重庆出版了《民主》《民主生活》《萌芽》和《读书与出版》(复刊),到全面内战开始,又统统停刊。

三四十年代参加爱国进步活动的青年,几乎都受到过生活、读书、新知三家出版社的杂志的良好影响。这些杂志的主编或实际主编人,多属知名的理论家、文学家、编辑家、社会活动家,开一张不完全的名单:胡愈之、韬奋、李公朴、沙千里、陈望道、张仲实、沈志远、钱亦石、钱俊瑞、胡绳、艾思奇、柳湜、陶行知、沈兹九、金仲华、艾寒松、曹孟君、平心、胡曲园、郑易里、姜君辰、陈楚云、赵冬垠、茅盾、郑振铎、周扬、傅东华、宋云彬、陈子展、楼适夷、洪深、沈起予、黄源、叶以群、罗荪、戈宝权、何其芳、陈翰伯、史枚、徐杰、林默涵、陈原、李凌、赵沨、林路、叶籁士。主持出版发行工作的是徐伯昕、黄洛峰、徐雪寒、华应申几位出版家。对中国出版事业做出贡献的前辈,不仅三联书店,包括其他出版社的许多编者、发行人,如今大多已经不在人世,历史不会忘记他们。

生活、读书、新知三家出版社,由办杂志起家,生根发芽,成长壮大,用杂志开拓思想文化阵地,直接面向大众,联系读者,团结作家,推荐新人,培养编辑人才,改变了过去出版秘密刊物只在极小的圈子里流传的局面,中国共产党和进步团体的主张、号召,才能够迅速与群众见面,并能彼此交流思想,同时,也在青年知识分子中,通俗地介绍马列主义和社会科学基础知识,从思想上理论上武装他们。

从经济上讲,发展出版杂志征求预订,吸收了可观的订户存款,一部分订户又发展成为邮购图书的基本读者,这就在相当程度上解决了出书资金问题。更为有利的是,在杂志上发表书评文章,刊登新书广告,为图书发行及时传递信息,许多读者,是看了杂志再去买书找书。生活书店的一套创作文库(其中有巴金、老舍、张天翼、沈从文、靳以等人的小说)、《我与文学》《文学百题》《中国的一日》《表》等书,我都是从杂志上知道的,当年我这个小学生还买不起书,但在图书馆都找到了。从此,我又有了另一个癖好,经常看报纸和杂志上的出版广告,看不到书,看看广告也好。

解放以后,三联书店迁来北京,还出版《学习》杂志。一九五一年三联书店并入人民出版社,《学习》杂志另立门户。

一九七九年酝酿恢复三联书店,打算从出版杂志着手,曾经设想出版三个杂志。《读书》算是办成了。综合性思想评论半月刊《生活》,几位热心同志忙了一阵,忽蒙某"理论权威"关注,偃旗息鼓,胎死腹中,只留下一份试刊号。以学生、青年为对象,介绍当代和未来新知识新学科的杂志《新知》,也就不必提了。当时,听说商务印书馆陈原老总有复刊《东方杂志》之议,后来不见下文,不知道在哪里卡壳了。

当年三家办这么多杂志,是不是有个庞大的编辑部?没有,每个杂志除了主编,最多配备一两名助手,有的甚至助手也没有,就光杆主编一个人,更没有要占多少编制之说。有人讥笑是"皮包编辑部"。皮包有何不好,方便至极,拎起就走。《新音乐》主编李凌连皮包也没有,稿子都放在一个布袋里,写稿、看稿、画版式、看校样、写回信,就一个人。《读书》杂志编辑部专职人员开始两个人,即史枚同志和董秀玉,后来两三个人,最多五个人,五个年轻的女青年,"五朵金花",目前只剩下了三朵,照样开花,杂志按期发稿出版不误。

出版社把主要力量或相当一部分力量放在办杂志上,靠办杂志起家,解放以后已不多见。有的杂志办起来以后,又从出版社分出去,独立经营,出版社对此仿佛卸掉了包袱,这不仅是出于经济上的考虑,还在于政治上可以少点麻烦,少担些风险,君不见,稍有风吹草动,杂志往往首当其冲。

三十年代,书店兼卖杂志,读者跑书店,顺手翻翻杂志,十分方便，现在杂志交邮局发行，吸收订费也就与出版社不相干，一方有盈，一方无利可图，邮局零售杂志种类有限。许多杂志除非订阅，读者无从见到也零买不到。

至于要创刊一个杂志，谈何容易。但也有容易的，这两年北京就新创刊好几个杂志，花开花落，有忙有闲，不可一概而论。要办好一个杂志，须下大功夫，要办得有看头，够水准，能叫座。如果内容平平一无可看，甚至自命为"中流砥柱"，有的标榜"追求真理"，干的却是批这个批那个，仍然没有读者，那也是无可奈何。

凡此种种，逐渐形成今天的这种编辑、出版、发行格局。谈改革，这方面是不是也可以借鉴三十年代的经验？且不说资本主义有无可以对我有用的，我们自己的经验总有可资参考的吧，那样一来是不是"自由化"了？这就不是我这篇摅忆所能探讨的了。

然而我以为，一个出版社要办得有特点，能拥有基本读者，培养编辑人才，不妨从办一个有特点的杂志做起。

一九九二年三月十二日

《读书》三百期

从一九七九年到二〇〇四年,《读书》已经出版了三百零七期。

三联书店前身生活书店、读书生活出版社、新知书店,都是办杂志起家。生活书店出版韬奋主编的《生活》周刊,读书生活出版社出版李公朴主办,柳湜、艾思奇主编的《读书生活》半月刊,新知书店出版姜君辰主编的《中国农村》月刊。

出版杂志,出版社可以更好地联系读者、作家,也有利于培养编辑。

《读书生活》半月刊被国民党查禁,更名《读书》继续出版,又被查禁,就出版《生活学校》,这两本杂志由陈子展主编。

抗战时期,四十年代在重庆,生活书店出版《读书月报》,艾寒松、胡绳、史枚主编;读书生活出版社出版《学习生活》半月刊,陈楚云、赵冬垠主编。国民党设立图书杂志审查处,每期原稿都得送审,常常被扣留或删改。皖南事变,党安排一部分文化人疏散去香港,陈楚云、赵冬垠亦在内,为掩护他们撤离,我编了最后三期《学习生活》。

抗战胜利后到上海,生活书店出版《读书与出版》月刊,胡绳、史枚主编,一九四八年九月终刊,这时距上海解放已经不远。

大约在一九七〇年前后,我和陈翰伯在湖北咸宁干校谈起办刊物,我们设想一旦有条件,还是要办《读书》杂志。

打倒"四人帮"之后,由陈翰伯出面邀请于光远、夏衍、黎澍、戈宝权、林涧青、郑文光、许觉民、曾彦修、许力以、王子野、陈原、范用组成《读书》编委会,《读书》编辑部冯亦代、史枚、丁聪、倪子明列席。可是这样的编委会很难召集,不如改为办实事的编委会,由陈原任主编,倪子明、冯亦代、史枚任副主编,按照陈翰伯意见,范用亦忝为编委。

范用与《读书》主编陈原、副主编冯亦代、编委丁聪在一起

一九七九年《读书》创刊。"编者的话"里申明:"我们这个月刊是以书为主题的思想评论刊物。它将为实现四个现代化、为提高全民族的文化水平而服务。我们这个月刊以马列主义、毛泽东思想为自己的指导思想,要坚决贯彻'百花齐放、百家争鸣'的方针,要解放思想敢于打破条条框框,敢于接触多数读者所感所思的问题。……我们主张改进文风,反对穿靴戴帽,反对空话套话,反对八股腔调,提倡实事求是,言之有物。"

生不逢时,《读书》甫一落地,即招来种种责难与非议。起因于创刊号头一篇文章李洪林的《读书无禁区》。文章的标题原为《打破读书禁区》,发稿时我改为《读书无禁区》。

于是有人就说《读书》提倡读《金瓶梅》,主张给坏书开绿灯。真是危言耸听,匪夷所思。

当时出版主管机关找我谈话,批评"读书无禁区"的提法不妥。

我说明此文写在党的十一届三中全会之后,目的在于批判"四人帮"的文化专制主义,打破他们设置的精神枷锁,并未主张放任自流。文章有一段说得很清楚:"对于书籍的编辑、翻译、出版发行,一定要加强党的领导,加强马克思主义的阵地;对于那些玷污人的尊严,败坏社会风气,毒害青少年身心的书籍,必须严加取缔。"

后来有同志说,领导同志事忙,没有时间看文章,只看标题，或者光听汇报。以后标题多加注意。

当年人民出版社党组讨论《读书》杂志，曾经决定，这本杂志如果出问题，由范用负责。我是党员，当然要对党负责。《读书》每期清样我看了才签字付印，直到退休。至今未听说《读书》有什么问题。

《读书》初办时，只有两名工作人员，一位是史枚，他是编杂志能手，一位是董秀玉，做他的助手。后来增加了几个人员，其中四位是女青年，加上董秀玉，人称"读书五朵金花"。除了杨丽华读过大学，其余四位都是高中生，因此有人说：几个高中生编了份给研究生看的杂志。现在吴彬、贾宝兰两位，仍在岗位。

一九八七年《读书》百月，丁聪画了一幅漫画，反映《读书》之处境。画稿我保存至今，现予发表，以飨读者。

从创刊号起，《读书》的封面和版式都是丁聪设计的。每期出版之前，编辑部将原稿送给丁聪，一两天之内就画好版式退回。从第五期起，丁聪给《读书》画漫画，从未停止，后来一期画两幅。二十六年了，丁聪正是望九之年，还每月给《读书》画版式、画漫画，中国找不出第二份这样的杂志。

一九八〇年王若水写信告诉我："夏衍同志很喜欢看《读书》，对《读书》评价很高。"这是对我们的支持与鼓励。《读书》同人应当进一步努力办好刊物。

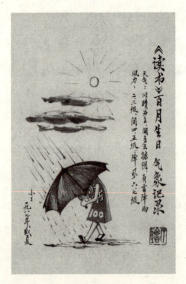

丁聪为《读书》百月所作漫画

有人问我现在还看不看《读书》，我说每期都看，有好文章，只是有的文章太专。总的印象，如今的《读书》拔高了。我希望《读书》办得适合像我这样的读者。不是为了做学问，只是业余喜欢看点杂志。当然看《读书》的也有学者。

从《新华文萃》到《新华文摘》

还在上小学的时候，一九三七年，我在学校图书馆借到一本杂志，上海开明书店出版的《月报》，厚厚的一大本，将近五百页。

这本杂志扩大了我的眼界。杂志里有政治栏、经济栏、社会栏、学术栏、文艺栏、"读书俱乐部"，"最后之页"是"读报札记"，摘编一些有趣的文字。

《月报》里我最感兴趣的是"漫画的一月"，每期六面，选有十几幅中外漫画。

月报社社长夏丏尊，我从《爱的教育》一书早就知道他的名字。编者是胡愈之、孙怀仁、胡仲持、邵宗汉、叶圣陶。多少年后，我知道《月报》的主编是胡愈之。非常幸运的是，一九四九年开国那年，我在北京见到愈之先生。当时他刚出任出版总署署长，我参加全国新华书店工作会议，他带会议代表去见毛主席，毛主席和大家一一握手。

愈之先生主编的《新华月报》由人民出版社出版。我给《新华月报》画版式，送工厂排印。我在创刊号封面上印上政治协商会议刚通过的五星红旗。那时没有国旗法，我这样做不算违法。

后来听到对《新华月报》不同需要的读者意见。有的偏重于资料性，供查考用；有的是为了阅读文章，听说周总理常常查用《新华月报》，有时出国还带着，不过只带扯下来的资料这部分。有一次，查不到某一资料，还打电话到新华月报社询问。

六十年代，我产生了办一个供阅读的文摘杂志的念头。把这一部分文章从《新华月报》分出来。一九六二年，我编了一本《新华文萃》试刊号作为样本。

《新华文萃》也分政治、经济、学术、文艺、美术、作品、"读书与出版"、学术论文摘要、报刊文章篇目辑览、科学文化之窗。在文艺栏，选了艾芜的小说、巴金的散文、田汉和郁达夫的旧体诗、丁西林的剧本，美术作品选了华君武的政治讽刺画、杨纳维和黄新波的木刻，还有摄影作品。

"读书与出版"栏头请丰子恺题写，他写了两张让我选用。墨迹我至今保存。

《新华文萃》试刊号只印了一百本，准备送请有关同志征求意见。有一天，毛主席秘书田家英来我的办公室看见了，拿去一本。我说上面还没有批准出版，他说带回去放在主席桌上，他也许有兴趣翻翻。这桩事，我一直提心吊胆，怕挨批评绕过了中宣部。家英好像不在意，我想他是赞成办这样一个刊物，否则他不会送给毛主席看。

一九七九年开始出版《新华月报》文摘版,一九八一年改名《新华文摘》。到今年出版三百二十一期。

关于要不要附录被批评的作品,有不同的意见,有人不赞成,我就作罢。我记得鲁迅先生编杂文集,就把对方的文章附录在里面,对读者很方便。

当年编《新华文摘》,我想这样一本杂志,对于边远地区的读者,那些地方难得见到很多杂志,一卷在手,可以满足他们阅读的需要。

我祝愿《新华文摘》长命百岁,越办越好!

原载《光明日报》2004年

记筹办《生活》半月刊

在旧中国,有一些知识分子,热衷于办书店办杂志。十年前我写过一篇文章《办杂志起家》,介绍这方面的情况。

韬奋一生办杂志,从民国十五年(一九二六年)接手办《生活周刊》开始。一九三三年《生活周刊》被迫停刊。其后生活书店继续出版《新生》周刊、《大众生活》周刊、《永生》周刊、《国民》周刊、《生活星期刊》。改名换面,内容宗旨不变。抗战期间,韬奋在武汉、重庆,办《抗战》《抵抗》三日刊、《全民抗战》周刊,一九四一年出走香港,又办《大众生活》周刊,给中国期刊出版史写下了光辉的一页。一九四五年日本投降,抗战胜利,生活书店在上海出版《民主》周刊,郑振铎主编,一九四六年重庆三联书店出版《民主生活》周刊,宋云彬主编,都可视为《生活周刊》之延续。

一九八〇年生活·读书·新知三联书店的招牌还挂在人民出版社,我和人民出版社的几位朋友酝酿是否也办一个杂志,沿用《生活》刊名。

我们邀请了在京的十几位理论界朋友、作家就此事座谈了一次。到会者发言很热烈,都支持办这么一个杂志。于光远说:"今天我们的刊物不算少,但是以专门发表思想性散文为编辑方针,似乎《生活》还是第一个。我们今天处在大改革的时期,经济体制正在改革,政治体制也正在改革。反映改革的,同改革相适应的,那就是思想的解放。人们脑子里有多少疑问、多少感想要讲!知识界多么要求交换自己的观点,展开讨论甚至辩论。在这种情况下,长篇大论固然需要(如果有人能够写出马克思主义的理论巨著,只要有所发明、有所创造,那也是会很受欢迎的),但是思想性的散文,写起来快,看起来容易,我想也许更为广大读者所喜爱。"李庚说:"我希望这个刊物的内容,是联系实际的,要勇于提出和探讨现实生活中的问题;是思想解放的,要能够对新情况新问题发表新的见解;是发扬民主的,要敢于讲事实,讲真话,讲道理,贯彻百家争鸣;是积极战斗的,要向一切阻碍四化前进的现象和思想做斗争。"项南说:"《生活》应当有自己的风格,韬奋就是很有风格的嘛,他对封建的东西、落后的东西是毫不妥协、毫不留情的。这是当时我们这些年轻人所以能成为《生活》的忠实读者的一个重要原因。"唐弢说:"思想是抽象的,生活是实在的,思想从生活而来。刊登思想性散文的刊物,决定命名为包罗万象的《生活》,除了别的种种含义外,也维系这点辩证的意思:尊重生活。"廖沫沙说:"刊物有上千种,且不讲内容如何,总要拿钱买,有的刊物得一块多钱买一本。三十多岁需要文化知识的人,生活负担重,工资才几十元,买不起。看书的时间也很有限。我觉得《生活》的读者对象应该是广大青年。"宋振庭于前一天晚上才从欧洲经莫斯科、平壤飞回北京,还没有休息,第二天早晨第一个从几十里以外赶来开会。李普正在住院,请假来开会。萧乾因病接连虚脱三次,寄来书面意见。今天我写这篇东西,还深为这几位先生的热心支持感动万分!其中有几位先生现在都已不在人世,想起了他们,心里很难过。

为了征求意见,我们还编印了一份试刊号。其中《〈生活〉半月刊发刊旨趣、征稿启事》是这样写的:

> 《生活》是一个思想性的半月刊。它要求以生动优美、犀利简练的笔调,写出文理清新,汪洋恣肆,幽默活泼,韵味隽永的简短文章,论述政治、经济、哲学、教育、文艺、历史、自然、社会生活、道德风尚、青年修养、思想方法、工作作风等诸般问题。凡散文、随笔、杂感、纪事、纪行、回忆、读书随笔、社会调查、读者来信、寓言警句等形式均可采用。此外,也拟登少数诗歌(新旧体均可)、木刻、漫画作品。
>
> 思想性是这个刊物的灵魂,生动优美、引人入胜而又深入浅出的文体是这个刊物的表达形式。

《生活》的指导方针,是坚持马克思主义与中国革命相结合的方向,坚持四项基本原则,坚持百花齐放、百家争鸣,坚持解放思想,坚持反对倒退复辟,为实现社会主义现代化而努力。

试刊号的内容:《为完全实现"第三样时代"而奋斗!》(严秀)、《发展变化和安定团结》(李洪林)、《"四大"纵谈》(魏璧嘉)、《我们希望这样来办〈生活〉》(宋振庭、于光远、唐弢、刘宾雁、项南)、《写在"赞美我主"之后的午夜里》(方励之)、《三仙姑下神的联想》(陈允豪)、《经典·历史·改革》(胡靖)、《关于"三不主义"的一点思索》(谢云)、《赵丹绝笔》(钟惦棐)、《知识分子与节约时间》(傅雷)、《围墙的解放》(秦似)、《总统与业余消防员》(道弘)、《郑人买履之后》(王荆)、《门岗 警卫纱帘》(湘南)、《昭君出塞的题目还没有做完?》(郁进)、《访墨散记》(田流)、《岳飞和于谦(史诗摘抄)》(姚洛)、《问题讨论:"向前看"与"向钱看"的一致性》(晓愚)、《夜思录》(夏耘)、《对镜七律三首(有序)》(聂绀弩)、《回忆和希望》(德圻)、《今昔〈生活〉》(刘瑞龙)、《北京晨曲(木刻)》(王仲)。

《生活》半月刊每期篇幅三十二页,定价一角七分。

可以看出，《生活》半月刊完全不像当年韬奋的《生活周刊》的风格，而类似现在的《随笔》双月刊。时代不一样，而办刊物的人也不是韬奋。

胡乔木收到我们寄去的试刊号，写来一信，他大概认为我们办这个刊物有点不自量力，又把参加我们座谈会的一位同志误认为另一个同姓名者：这个人是"持不同政见者"。因此，提出善意的劝告。我们向来尊重他，不办就是。

这样，《生活》半月刊未开张即收歇，胎死腹中。不办，省事省心，乐得清闲，何必自讨苦吃。但过了两年，我的罪状，想不到筹办《生活》半月刊也在其中，还是躲不了。

一九九五年，生活·读书·新知三联书店出版《三联生活周刊》。这是一份形式类似美国《生活》（*LIFE*）、《时代》（*TIME*）有图有文的杂志。

从那时到现在，八年中《三联生活周刊》已经出版了一百七十多期。它做得怎样，有待读者评论。我作为读者，密切关注它的成长。它的定位，读者之中有不同的看法，有人认为这是一份编给知识分子"精英"看的，甚至有人认为是供"白领"看的，而更多的人认为它是面向大众的。我觉得这是一份高品位的严肃的刊物。它有一批得力的记者，能够密切关注国际问题、社会问题，乃至像贪污腐化这样的政治问题，善于捕捉题材，经过调查采访，迅速反映到版面上。文章都比较扎实，而不是浮光掠影式的泛泛之论。

作为三联书店的老人员,我衷心希望《三联生活周刊》坚持正确方向越办越好,以告慰我们的前辈韬奋先生。

《傅雷家书》的出版

两个多月前收到辽宁教育出版社新版《傅雷家书》。这本书三联书店版印过五版一百一十六万册,还不包括香港三联版。一本书如此受读者欢迎,畅销不衰,令人高兴。

大概一九八一年前后,我与楼适夷先生同去上海。旅途中闲谈,他告诉我傅雷先生情况,包括对傅聪、傅敏兄弟俩的教育培养,我很感动。

我知道傅雷是著名的翻译家,读他翻译的书,还是在抗战时期。那是在桂林,洪遒兄送我一本傅译罗曼·罗兰的《弥盖朗琪罗传》。接着我又读了傅译《约翰·克利斯朵夫》,也是罗曼·罗兰的名著。这部四卷本的《约翰·克利斯朵夫》,是从桂林、衡阳、吉安、曲江四个地方的商务印书馆买齐全的,很不容易。读这部小说,不仅是文学上极大的享受,更重要的是,我深深受到人道主义思想的感染。罗曼·罗兰在小说的结尾这样写道:

圣者克利斯朵夫渡过了河,他整夜在逆流中走着。

突然，早祷的钟声响了，无数的钟声一下子惊醒了。天又黎明！在黝黑的危崖后面，不可见的太阳在金色的天空升起。快要颠扑的克利斯朵夫终于达到彼岸。于是他对孩子说：

——我们终究到了！你多沉重！孩子，你究竟是谁啊？

孩子答道：

——我是即将到来的日子。

它昭示人们：不屈不挠，永不气馁，方能到达彼岸。明天是属于我们的。

读这部小说，也使人产生对译者傅雷先生敬仰之心。

听了适夷先生的介绍，我对傅雷与傅聪的通信产生了极大的兴趣。正如适夷先生后来所写的："应该感谢当时的某位领导同志（石西民），在傅雷被划成'右派'之后，仍能得到一些关顾，允许他和身在海外并同样蒙受恶名的儿子保持经常通信关系。"这才有这部可贵的家书。不久，我从傅敏那里取得家书原件。阅读之后，一种强烈的愿望，驱使我一定要把它出版介绍给广大读者，让天下做父母的做儿女的都能一读。

然而，出版傅雷家书却遇到阻力。说受书者傅聪是"叛国"，说出版这部书是提倡走白专道路。傅聪本来就是在国外学习，

《傅雷家书》初版封面，1981年8月，庞熏琹设计

范用写的《傅雷家书》推荐意见第一页

何来叛国？他不过是对父母在"文革"惨遭迫害致死，心存悲愤，有所表示，事出有因。至于提倡走白专道路，何谓白何谓红，谁也说不清。提倡专，有何不好？不仅现在，将来我们也还是要提倡专。"专"除了要具备天资，更多是靠勤奋与毅力。傅雷的教导，与傅聪的苦学苦练，在这方面做出了榜样，值得向世人介绍。

幸好，当时我得到一份胡耀邦同志关于邀请傅聪回国讲学问题的批示，批示中说：

> 傅聪的出走情有可原，这是一；出走后确实没有损害党和国家的行为，这是二；出走以后，仍旧怀念国家，忠于自己的艺术，治学态度很严谨，博得学生和人们的同情，这是三。这些必须充分理解和体谅。
>
> 他回来演出，教学，要完全允许他来去自由，不要歧视，不要冷淡。据说他生活并不好，应根据他的工作给予应得的报酬，并可略为优厚。应指定专人对他做点工作，要较充分体现国家对这样一个艺术家慈母心肠。

批示同时指出：出走毕竟是个污点，应有个交代。

一九八〇年傅聪回到国内，在接受记者访问时，对自己过去的出走表示内疚。这可以看作是公开场合的表态。后来种种事实表明傅聪是一个爱国者。

这样,排除了阻力,《傅雷家书》终于在一九八一年出版问世。三联书店还在北京、上海、香港举办傅雷家书手迹展,观众甚为踊跃。

除了《傅雷家书》一再重印,三联书店还出版了傅雷的《世界美术名作二十讲》、《傅译传记五种》、《与傅聪谈音乐》(董秀玉访谈记录。傅聪认为这本书最合他的心意)、《米开朗琪罗传》。其他出版社相继出版《傅雷书信集》和傅译《罗丹艺术论》《艺术哲学》《贝多芬传》等书。

顺便讲一讲:《世界美术名作二十讲》需要配图片——世界美术名作,向日本讲谈社购买,很快就寄来。说明讲谈社有完备的资料,且一索即得。这一点很值得我们的出版社学习。

一九八一年,我用自己的藏书编了一部十五卷本的《傅雷译文集》,由江奇勇同志拿到安徽教育出版社出版。最近,辽宁教育出版社出版了二十卷本的《傅雷全集》。当年安徽教育出版社出版译文集亏损五万元(当时币值),现今辽宁教育出版社出版全集,也是亏本。对于安徽、辽宁这样有眼光有魄力的出版社,作为出版工作者,我深为钦佩。

至于《傅雷全集》书上印了"主编:范用",实际上我丝毫未尽力,出版社让我挂个名,这一点应当说明。

忘不了愈之先生

知道胡愈之先生名字,我还是个小学生。

一九三七年初春,我在镇江五三图书馆借到一本创刊号《月报》。图书馆有位诗人完常白先生,对我很照顾,允许我把这本新到的杂志借回家看三天。

《月报》是本综合性文摘刊物,每期厚达二百五十页,打开目录,就放不下手。在一本杂志里,会有这么多篇文章,有一百多个题目,各门各类都有,分政治、经济、社会、学术、文艺五大栏。

创刊号政治栏有金仲华、胡适、钱俊瑞、顾颉刚的《一九三七年的展望》,杨杰的《现代的战争论》,长江的《百灵庙战役之经过及其教训》,蒋方震的《西安事变目击谈》,冯玉祥、马占山访问记,《西班牙的战争与和平》《苏联的新政》等文。经济栏有《一九三七年资本主义世界经济的展望》、《一年来的走私与缉私》(当时日本在华北大规模走私)、《中国财政的新阶段》等文。社会栏有《苏联的工人》《日本国民性之考察》《广州的"盲妹"》,有关英王爱德华与辛博生夫人婚案、赛金花之一生的评述。学术栏有《什么是现代化》《一年来的科学进步》《新史学》《月球漫游记》等文。文艺栏最丰富，有芦焚、蒋牧良、端木蕻良的小说，朱自清的游记，夏衍的剧本，景宋、许寿裳的回忆鲁迅，以及郭沫若、周作人、朱光潜的近作，还有译文。

各栏每月都有一篇"情报"专稿，涉及国际国内，十分详尽，用现在的说法，信息总汇，从"情报"的编写可以看出编者着实下了很大功夫。

在"参考资料"一栏，创刊号收有国民政府立法院通过的《出版法》和《苏联宪法》。从前者可以看出国民党当局对新闻出版之种种钳制，《出版法》共五十五条，限制和处分占了三十六条，对比《苏联宪法》所揭橥的"言论自由，出版自由，集会、结社、游行、示威之自由"，发人思考。那时对"斯大林时期"苏联政治上大清洗的真实情况，无从知道。今天回顾历史，才懂得社会主义法制与社会主义民主，缺一不可。

插说一件事。铲除"四人帮"后，中宣部曾经抓了一下起草《出版法》。在讨论出版局起草的《出版法》的会上，周扬副部长曾经讲了这样的意见：我们的《出版法》，首先是保障人民的权利，其次才是限制。这话有道理。

《月报》还有"漫画一月"一栏，每期都有几十幅中外讽刺漫画作品。《月报》"最后一页"，有"读报札记""说说笑笑""游戏征答",更增添了我这个小读者的阅读兴趣。

在创刊号"卷首语"中,编者申明:"创办这么一个综合刊物:把国内外的一切意见、主张、创作、感想、新闻、报道、图画、歌曲、地图、统计表,等等,都经过一番选择剪裁,搜集在一本册子里。"可以说《月报》做到了这一点。

《月报》由开明书店出版,社长为夏丏尊,列名编辑的有胡愈之、孙怀仁、胡仲持、邵宗汉、叶圣陶。实际上《月报》的设计和主编者,是胡愈之先生。

昨天,我特地从资料室借来《月报》合订本,翻看了一遍,重温阅读这本刊物的种种感受,当年阅读《月报》,其心情犹如小孩子走进了糖果点心店。尽管有的我看得懂,有的似懂非懂,有的压根儿不懂,却看得津津有味,看得废寝忘食。感谢这本刊物把一个十五岁的少年引进了一个新的天地,大大拓展了我的思想领域和知识领域,从此体会到文摘杂志的好处。

尤其令人难忘的是,那时正是民族危机深重、日本帝国主义大举入侵迫在眉睫,《月报》以大量篇幅刊载有关文章,使国人认识到团结御侮、奋起抗战是唯一的出路。创刊号登了一首施谊(孙师毅)创作的新歌《上起刺刀来》,高唱:"上起刺刀来,弟兄们散开!这是我们的国土,我们不挂免战牌!"激动了我幼小的心灵。以后几期又刊登了电影《十字街头》插曲、《保卫玛德里》等歌曲。到《月报》最后一期,刊登的歌曲似乎就是《保卫卢沟桥》。我和同学们都爱唱这些歌曲。

我就是在《月报》的感召之下，迎接神圣抗战的揭幕，迎接大时代的到来（当时流行的用语）。这年冬天我奔武汉，走重庆，投入抗战的洪流。

不要小看一份杂志一本书，有时能够影响人的一生，韬奋先生、愈之先生主编的刊物就是。

抗日战争时期，我在武汉、桂林，很想一见我所仰慕的《月报》创办者、主编者胡愈之先生，没有机会。后来愈之先生去了南洋，相距更远。其间海外东坡，曾一度讹传先生遇难，我很伤心。

没有想到，一九四九年八月我从上海调来北京，十月间就见到了愈之先生，而且天天可以见到，得能亲聆教诲。那时，愈之先生出任出版总署署长，副署长叶圣陶、周建人，也都是我敬仰的前辈，与出版社一个大门，我们就在他们的领导之下。

更没有想到，十月十八日毛主席在中南海颐年堂接见出版工作会议代表，愈之先生拿着名单给主席介绍，我忝在其列，跟主席握手。

可以说都是意外的人生际遇，在那充满希望的年代！

胡署长除了处理公务，同时筹办《新华月报》，仍然是刊物的设计、主编者。《新华月报》创刊于一九四九年十一月，随中华人民共和国的诞生而诞生，聘请作家、学者组成编委会，参加编辑、资料工作的有王子野、臧克家、楼适夷、曹伯韩、傅彬然、翟健雄、李庶、周静、郑曼、金敏之、沈永……他们的严肃认真、一丝不苟、缜密细致的作风,给了我深刻的印象,可称之为"胡愈之式作风"。我负责刊物的出版工作,并且参与编排摄影画页和版式设计。早先胡愈之先生主编的《东方杂志》、韬奋先生主编的周刊,都有摄影画页,内容和编排都很出色,如今我可以模仿着编编。我在创刊号封面的左上角添了个国旗上的五星,有同志认为不严肃,后来经过研究,认为没有问题,总算通过,没有作废重印。可我出了一身汗,以为出了纰漏。

"不朽之光荣"
——缅怀公朴先生

五十七年前,一九四六年七月十一日国民党反动派用极其卑鄙的手段,派特务在昆明暗杀了李公朴、闻一多先生。

抗日战争爆发,一九三八年我逃难到汉口,被读书生活出版社收留当了练习生。读书生活出版社的创办人就是李公朴先生。李先生到山西办民族革命大学,然后访问延安,一九三九年到重庆,住在读书生活出版社,我见到了李先生。

李先生给我的第一个印象,是留有一大把胡子,人称"美髯"。讲起话来嗓门很大,谈笑风生。他见到我这个小孩,用手摸我的脑袋问这问那。当知道我是镇江人,更加亲热,因为他十几岁时在镇江的百货店当过学徒。于是我们大讲起镇江话。

李先生跟我们讲山西敌后和延安的情况。那时是夏天,他穿着汗背心裤衩,扭秧歌舞给我们看,边跳边唱,进两步退一步,唱"二月里来好风光,家家户户种田忙。都说那今年的收成好,多种那五谷送军粮"。时隔六十多年了,我记得清清楚楚,难以忘怀!

我是个"夜猫子"。夜里看书,早上睡懒觉起不来。李先生大声叫醒我："你学斯大林、毛泽东啊！"原来斯大林、毛泽东夜里办公白天睡觉。

李先生要我每天把报上的重要新闻告诉他，因为一大早就有青年求见，他可以跟他们谈论时局。他还打算介绍我给沈老（钧儒）读报，我因工作走不开，没有去。

李先生在外国轮船上打过工，做过侍者，懂得吃西餐的规矩。他带我到上清寺一家西餐馆吃西餐，教我如何拿刀叉，如何喝汤，咀嚼食物不出声音。

当时重庆常有群众集会，推李先生当主席。国民党特务捣乱，李先生就站到台前大声叫特务站出来，特务只好溜走。

一九四六年，重庆市各界在较场口集会庆祝政治协商会议召开，特务捣乱行凶大打出手。我正在台上散发传单，目睹李先生被打得头破血流。同时被打的还有郭沫若、施复亮先生。我陪同他们到医院验伤治疗。至今我还留着验伤单，前不久连同其他"较场口血案"资料送给重庆市博物馆保存。

一九四〇年，李先生写了一本《华北敌后晋察冀》，介绍华北敌后军民英勇抗日事迹，嘱我绘制一幅《晋察冀边区形势略图》，交刻字店刻版作为插图。

李先生毕生热心教育事业。一九三八年在武汉写有《抗战教育的理论与实践》一书。一九四六年在重庆创办"社会大学"，让失学青年有上学的机会。"社会大学"的教员都是知名的进步文化人。还编了一本《社会大学》，交我排印出版。印书的经费是李先生从昆明汇给我的，我收到他的最后一封信写于七月五日。当时昆明、重庆之间并非天天有航班。七月十二日早晨看报，惊悉李先生不幸遇难，中午收到李先生的信，悲痛万分，欲哭无泪！

当时毛泽东、朱德给李夫人张曼筠的唁电中说："先生尽瘁救国事业与进步文化事业，威武不屈，富贵不淫，今为和平民主运动遭反动派毒手，实为全国人民之损失，亦为先生不朽之光荣。"

公朴先生遇难的消息传到上海时，正是深夜，周恩来在马思南路一〇七号开会。他掉下眼泪，并指着一位参加会议的人说道："你总认为李公朴是政客，是投机分子。我问你，他的生命是不是为民主运动而献出的？李公朴当然有他的缺点，但是他的缺点并不是主导的一面。应该肯定他是一个为民主革命而献身的战士。"

恩师洛峰

我进读书生活出版社,还是一个刚从小学毕业的孩子,稚气未脱。

一九三七年十月,日本侵略者打到我的家乡,我出外逃难,到汉口找舅公。

舅公是会文堂书局汉口分局经理。读书生活出版社迁到汉口,租用会文堂书局二楼办公。读书生活出版社的工作人员只有六七个人,黄洛峰、万国钧、孙家林三位年长,其他几位都是小青年。

我每天一吃完饭,就一头扎进读书生活出版社,因为这里太好"玩",非常自由,充满欢乐气氛。这里的人,都待我很好。年轻的同志赵子诚、陆量才(陆家瑞)尤其热情。

那时候,许多文化人经常来读社。作家舒群、周立波在读社搭伙。好多位从延安出来,或者去延安的同志,在这里出入,读社好像是中转站。他们很喜欢我这个"小鬼"。罗炳辉将军几乎天天来,他一来就要我放下工作,陪他玩。桂涛声(大家叫他"阿桂")寄住在读社,他创作《歌八百壮士》《太行山上》《做棉衣》等歌词,由冼星海谱曲,先要我和子诚唱给他听。我和子诚参加海星歌咏团,冼星海教唱歌。

第二年春天,舅公病故,舅婆回浙江,行前把我托付给洛峰先生。从此我成了读社的一名工作人员。我的工作是收发、登记来信,跑邮局,给订户寄发党在国统区第一个公开刊物《群众》周刊。洛峰先生说:"在出版社工作,要把字写好。"他用印书的白报纸纸边订了个本子,叫我练习写字。我到现在规规矩矩写字,就是因为从那时候起练习写字。

出版社有很多书可读。洛峰先生还带头开读书会,学习《大众哲学》。他要我们到书店里买一些杂志阅读,左中右杂志都买来看,提高识别能力。

读社和《新华日报》关系特别好,是兄弟般的单位。《新华日报》开晚会,我们参加出节目。《新华日报》编辑章汉夫、许涤新、吴敏等原先在上海就是《读书生活》的作者,对读社的年轻人十分亲热。

那时候,我还不知道读社是共产党领导的。一九三八年撤退到重庆,一九三九年赵子诚介绍我加入共产党,这才知道。发展党员的名单,是洛峰先生和陈楚云(读社编辑)在武汉就商定的。解放以前,我和洛峰先生之间始终没有党的关系,遵守组织规定,党员之间不允许有横的关系。解放以后才知道洛峰先生一九二七年在做学生时就参加革命活动,是老党员。后

恩师洛峰

来在上海被国民党逮捕,坐过牢。

洛峰先生善于做统战工作。在重庆、在香港、在上海,他团结了许许多多朋友,有作家、军人、生意人。大家尊称他为"黄老板"(还有一位老板是《新华日报》的熊瑾玎先生)。

在国民党统治区政治环境十分恶劣,国民党封门抓人。他镇定自若,妥善安排人员,应付特务。一九四六年重庆"较场口事件",洛峰先生团结党外人士,同国民党进行斗争。他是这一场斗争的指挥者,教我如何同敌人进行有理、有利、有节的斗争。

洛峰先生生活刻苦,非常爱护同志。读社工作人员病了,他不惜花钱求医。身体不好的同志,他嘱咐厨师买猪肝给他们加菜。"文化大革命"期间人与人不敢来往,我挨批挨斗,病倒在床,唯一来看我的是洛峰先生。

洛峰先生要我们注意劳逸结合,会工作又会休息。有时星期天带领我们郊游,到乡间走走,然后回到城里下馆子吃顿饭,改善生活。这一天过得轻松愉快,心情十分舒畅。

洛峰先生还鼓励我们练笔学习写文章,办油印刊物《社务通讯》,带头写文章。我和子诚、少卿(刘耀新)下班以后通宵达旦刻印。《社务通讯》一共出了三十几期,我保存一份。不久前捐赠上海出版博物馆保存。

一九四九年五月上海解放,组织上调我到军管会新闻出版处工作,离开读社。那时洛峰先生在北平担任中宣部出版委员会主任,八月将我调到北平。这样,我先后在他领导下工作有十来年之久,受教良多,真是说不完。

一九五〇年,洛峰先生送我一套精装本《鲁迅全集》,共二十卷。那时候我买不起这部书。洛峰先生在书前题词:"横眉冷对美帝指,俯首甘为人民牛。鲁翁名诗,际此中国人民革命胜利之日,实有偷偷改窜一二字眼之必要,近以全集赠鹤铺同志,即以此求正。黄洛峰6—2—50。"

洛峰先生离开我们已经二十三年了,我深深怀念他。

永远怀念雪寒先生

徐雪寒先生去世,我很悲痛。

雪寒先生是三联书店的老领导。三十年代在上海,中国农村经济研究会出版《中国农村》月刊,后来在此基础上办起新知书店,主其事者即雪寒先生。

生活书店的同志称徐伯昕先生为"徐老板",读书生活出版社的同志称黄洛峰为"黄老板"。这"老板"不是旧社会的"老板"那个意思。而新知书店的同志称雪寒先生为"徐大哥",除了尊敬,还显得亲热。

我头一回见到雪寒先生,是在汉口联保里。一九三八年我在读书生活出版社当练习生,是为了找《语文》月刊去联保里。

《语文》月刊,叶籁士主编,新知书店出版。从上海撤退到武汉,《语文》就停刊了。

我很喜爱《语文》的封面和版式,很想弄到一套。

记得那天到新知书店,见到雪寒先生,告诉他我想要一套《语文》。雪寒先生很和蔼可亲,立即爬上爬下,从箱子里为我找《语文》。那时雪寒先生还是中年,但做这种事也还是很费力。

这件事给了我很深的印象，那时我才十六岁，还是个孩子，雪寒先生不厌其烦，怎么叫我不感动？从这件小事可以看到雪寒先生的为人。我尊敬雪寒先生，就是打这时候起的。

这套《语文》，后来上海书店毕青同志借去，说要翻印出版。毕青去世，这套《语文》不知去向，我很懊丧。

后来，雪寒先生见到我，称我"小瘌痢"。我并非瘌痢头，"小瘌痢"，昵称也。

在北京，我去永安南里看雪寒先生，听他讲形势。李慎之先生也住在永安南里，有时见到他们聊天，我就在旁边听，获益良多。如今两位先生都走了，他们还常在一起聊天吧？

雪寒先生有智慧、有胆识，善于理财，曾在山东解放区主持财经贸易工作。他不畏艰险，出入于"孤岛"上海，领导地下工作。那时有一条地下运输线，主其事者即雪寒先生。

我永远怀念雪寒先生。

过早的凋谢
——哀仲民

一九四九年,青春的年代,充满希望的年代,一个中国人民渴望已久的时代由此开始,人民共和国即将诞生,到处生气勃勃,迎接光明和幸福。

这一年五月,上海解放,八月,我调到北平出版委员会工作。

出版委员会在司法部街北洋政府的一幢旧建筑内,新华通讯社也在这里。一九五九年建人民大会堂,原来的房屋院子,连同那条街,都不复存在。

出版委员会的主要任务,是出版毛主席著作、党的政策文件和干部理论学习用书,统一版本全国印制发行。十月,成立出版总署和人民出版社,出版委员会结束。它存在的时间不到一年,但是这一段的工作和生活,使我难以忘怀。

在这里,我见到分别已久的老朋友,原来生活书店、新知书店的华应申、徐律、程浩飞、朱希。出版委员会主任黄洛峰,是读书生活出版社的老领导,我们是一九四七年在上海分手的,这次重逢,分外高兴。此外,还有初次见面的王仿子等。报到的那天晚上，安排我睡在洛峰同志办公室，半夜里接到电话，是中央宣传部部长陆定一打来的，中南海夜里办公，出版委员会曾经因为夜晚无人值班，挨过他的批评。

使我更为兴奋的是这里有一批年轻人，有来自解放区的，也有在北平招考录用的，其中有的是大学生，他们很高兴做了公家人，有了一个很好的工作岗位。年轻人热情活泼，会唱会跳，有的还留着小辫子。吃饭分大灶、中灶，但差别不大，都是最普通的伙食，二米饭（大米掺小米）、窝窝头、白菜土豆，当然也有鸡蛋、鱼、肉，十分愉快，在他们的青春气息、欢乐情绪的感染下，我觉得自己也年轻了，虽然我也才二十六岁。

刚上班，我还穿着军管会的军装，他们以为我是老干部，等我改着便装，穿了件翻领毛线衣，他们又把我看成大学生，这就更亲近了。我一直在国统区大城市工作，身上还有很多的"小资味"，大概正是因为这个缘故，年轻人跟我在一起，不那么感到拘束。

就在这种情况之下，我认识了韩仲民，我只大他几岁，可以说是哥儿俩。下班以后，我们总在一起聊天。星期天，一同出游，还有仿子，那时他还是光棍。

仲民给我的印象，像个大孩子，稚气未脱，见了人有点腼腆，永远张着嘴笑，大概小时候有啃指甲的毛病，说啊说的，手指头就伸向嘴唇，这个习惯一直改不了。

过早的凋谢

仲民刚踏进大学的门就考进新中国书局,走进出版行列,没有系统学过大学课程,但是他的文化水平、理解能力都不在大学生之下。喜欢读书,什么书都有兴趣看,知识面较广,也是自学成才。

他的求知欲特别旺盛,什么都想知道,都有兴趣,问东问西,十万个为什么,打破砂锅问到底,有时候把我问住了。由此,我也感到仲民非常虚心,不是那种想做知识分子而又不懂装懂的人,我倒觉得他有点过分谦虚。

我从上海带来两书架杂书,他大感兴趣,一有时间就到我的宿舍,钻进书堆。他是借我书最多的一个,书看得也快,不用担心久借不还,这一点,我们可以说是知交。我最喜欢交这样的朋友,知道爱惜别人的书;最害怕书一借走,不知何日归来。我这个人读书向来无禁区,人来借书,一无顾虑,没有想到运动一来,会有一位曾经借过我收藏的胡风著作的同志揭发我,要我交代"胡风思想",说我看了那么多胡风的书,思想不可能不受影响。仲民借我的书,我却无此顾虑。我感到悲哀的是,如今不能再与仲民共享读书之乐。

仲民做过校对工作,很快就懂得出版工作的方方面面,成为多面手。后来在仿子的宣传科工作,我接手以后,又调进几位小笔杆子。我们编写各种书刊宣传稿,仲民显出了他的特长,下笔很快。写宣传稿,先得看书,出什么书就看什么书,政治、理论、文艺，甚至法学方面的书。交给他一本新出的书，几万字十几万字，不要一两天就能交卷，而且抄写得很工整，无须做多大的修改。即使要他修改或者重写，他也从无怨言，总是愉快地接受。

我们编了一份叫作《书的介绍》的小刊物，仲民是主角，从写稿到校对、下厂付印，一人包办，我很放心。我们在一起研究选题，他能提出很好的设想。我看他完全陶醉在宣传工作之中，经常熬夜，不知疲劳，眼睛总是有点充血。他的这一长处，后来被王城看上了，硬是从人民出版社把他调到出版局，参加《读书月报》的编辑工作。从此，他如鱼得水，干得更欢。在我，则失去了一位得力的助手、一名干将。

仲民待人真诚，跟他相处，不必有戒心。我从未听到过他在人后说长道短。那年头，有的人爱向领导汇报这个汇报那个，仲民不来这一套，在一定的场合，有什么说什么，很坦率。这种品质，十分难得。我从来未听说他跟别人闹什么矛盾，有什么小心眼，一切都很随和，从不计较。这在一个单位，也是少见的。

如果说他有什么缺点或不足之处，是对人对事过于天真，太善良、太听话。那时候，听话似乎就是政治觉悟高，大家都这样，他怎么能够例外？我们这一代人，所受的教育与熏陶，都来自一个本本，"文化大革命"中被污蔑为"黑修养"；我们千真万确认为是红修养,总想把自己的一切奉献给美好的理想。这种愿望,无可厚非。"理解的执行,不理解的也要执行",是一剂毒药。现在我们懂得了,在听话的同时,要动脑筋,不盲从。仲民紧跟上,出于至诚。在历史的大旋涡中,也难以避免卷进去。这在一个缺乏政治经验的年轻人,没有什么奇怪。可是上了年纪的人,也信口雌黄,参加演闹剧,那就很可悲。我们同在一个干校,相距十几里,听到有关他的种种,我首先想到,他是一个天真的人,纯洁的人,我相信总有一天,一切都会得到澄清,还它本来面目,事实正是如此。

"文革"以后,仲民到文物部门做编辑工作,主编刊物,我为他庆幸有了发挥才能的机会。文物这一行,需要从头学起。事实证明,仲民在这方面也有天资,短短几年,就在帛书研究、中国书籍编纂史研究方面做出成绩。我几乎不相信,因为这种工作对于我来说真是太难,需要有极大的钻劲,付出极大的劳动,仲民真行!

仲民参加工作以来,大部分时间都消耗在一个接一个的政治运动之中。如果有一个安定的环境,不是你斗我我斗你,他会成熟得更快;天假以年,一定能有更大的成就。

谁能料到,才华刚刚显露,病魔就夺去了他的生命,仅得中寿,一朵即将盛开的花,未老成即凋谢,真叫人伤心,欲哭无泪!

现在,我已年老,不免有人生疲惫之感。可是一想到仲民,还有几位过早离开人世的同志,心情就难以平静,应当问问自己还能做什么,而不至于虚度余年,愧对亡友。

一九九七年

怀念风夏

中国共产党建党八十周年时，电视里播放了渣滓洞、白公馆，舞台上演了《红岩》《江姐》，我想到的是华风夏这位牺牲于渣滓洞大屠杀的烈士，我永远怀念他。

一九三八年，我在重庆读书生活出版社当练习生，风夏在重庆生活书店任会计。我每天都要到生活书店门市部看新书刊，跟店员们混得很熟，有时还到书店二楼走走，认识了风夏。他给我的印象是，眉目清秀、衣着整洁、彬彬有礼，见人总是笑眯眯的。不像我，大大咧咧，叽里呱啦，穿件工装裤，自以为"普罗"，却十分幼稚可笑。

当时，我参加地下党领导的重庆市书业界同人联谊会，唱歌、演戏、办读书会，很活跃，算是积极分子。这年冬天，读书生活出版社同事赵子诚问我，咱们参加共产党好不好？我说好啊。其实子诚已经是个党员了，他成了我的入党介绍人。

第二年开春，组织上批准吸收我入党，我到中营街会文堂书局楼上履行入党手续。那里是读书生活出版社租用的宿舍，一间放了两张竹床的小房间。我和子诚先到，不一会儿进来了华风夏,代表上级来监誓。这时,我才知道风夏是党员,怪不得平日老成持重,说话谨慎。

入党仪式很简单,桌上放一张从一本书上撕下来的马克思像,誓词至今我还记得"永不叛党,保守党的秘密,遵守党的纪律"这几句。风夏讲了党员应当注意的事情,勉励我努力学习,为党工作。还给我取了党名"叶琛",开会时称呼党名,以防隔墙有耳。

第一次过组织生活在新知书店宿舍。党小组成员:赵子诚、徐律、陆家瑞、我,都是生活书店、读书生活出版社、新知书店的工作人员。我学习的第一个文件是《秘密工作纲要》。

后来组织关系转到八路军办事处(周公馆),由徐冰单线联系,不再开小组会。赵子诚、徐律去了延安。解放后填表,入党介绍人须有二人,徐律说他也算一个,那时我们同在人民出版社工作。后来,他去杭州任省文化局局长兼浙江人民出版社社长。"文革"期间他不堪凌辱折磨,从钱塘江大桥跳下自杀。

一九四五年延安召开党的第七次代表大会,风夏是代表,由重庆赴延安。会后派回西南任川康特委兼川北地委书记。一九四九年,由川北返成都途中被捕。在成都受尽酷刑,坐老虎凳,烧八团花,背部都烧烂了。解到重庆囚禁于渣滓洞,洗澡时,背上一团团香火印可以看得很清楚。在敌人严刑拷打下,风夏保持革命气节,始终英勇不屈。在渣滓洞七号囚室与难友王敏、吕英组织"设计小组",帮助难友学习,并且拟订学习提纲《对新社会的认识及在新社会处事做人的态度》。难友们对他的印象极佳。他看问题,分析问题都很深刻,报告支部工作最为精彩,在几个囚室传达。

一九四九年十月重庆解放前夕,风夏同另外五位难友被提进城,二十八日在大坪就义时,特务要他跪下,风夏不跪,高呼口号,壮烈牺牲。

风夏的党名为"康小明"(小康)。

六十多年了,回忆往昔,总忘不了风夏、徐律同志,忘不了入党之日时风夏对我的勉励。风夏!他日地下重逢,我们会以"小明""叶琛"相呼!

他们舍身在黎明前

暮春时节，我又一次到南京雨花台凭吊《文萃》三烈士墓。前一回是在四十多年前，那时陈子涛、骆何民、吴承德三烈士合葬一墓——二号墓。其实是个空墓，他们三人被杀害，尸骨不知在何处。

如今，雨花台已建成宏伟的烈士陵园。我找到他们的墓，那里立着墓碑。抚摸墓碑，悲从中来，我不禁痛哭失声。

我与子涛相识于一九四五年。我在重庆读书生活出版社工作，他在成都编《华西晚报》。四月，四川大学特务学生三十余人捣毁《华西晚报》，报馆职员几乎走避一空，子涛却坐在办公室里继续工作。他怕暴徒捣毁排字房无法出版，独自挡在排字房门前，因而遭受暴徒殴击。五月间子涛出走重庆，在读书生活出版社歇脚，住了两晚，在办公室打的地铺。读书生活出版社总经理黄洛峰叫伙房添了两个菜，算是为子涛洗尘，我们因而相识。

一九四五年抗战胜利，我们都到了上海。子涛编的《文萃》杂志，是当时在蒋特压迫之下以合法方式出版的杂志。在环境十分险恶的时候，子涛毅然决然地加入中国共产党。他说："我只有这一条路，我早就在这条路上走着，我十分愉快，因为我终于成为一个共产党员。"

不久，《文萃》从大型变成小型，从公开转入秘密，"文萃"这两个大字从封面上不见了，只是留着"文萃丛刊"几个小字，后来连小字也不见了，封面上只有一个掮着一支大笔，挺着胸脯，大踏步向前的一个小的漫画人物。广大读者立刻认识了这个人像，把它看作《文萃》的标志。

小《文萃》共出版了九辑，出一辑换一个书名。这九本小《文萃》依次是：《论唱倒彩》《台湾真相》《人权之歌》《新畜生颂》《五月的随想》《论纸老虎》《烽火东北》《臧大咬子伸冤记》《论世界矛盾》。出版地点伪装为香港，定价也印港币。其实刊物的编辑、排校、印刷、发行完全是在上海。为了迷惑敌人，最后一辑还另印《孙哲生传》封面。第十辑预定用《假凤虚凰》做书名，那时电影院正上映一部叫作《假凤虚凰》的电影。承德约我为这一辑设计封面。

子涛为最后一辑即第十辑地下《文萃》所写的前言，内容完全是毛泽东和新华社文告。其中说："亲爱的读者们！这本小册子是我们用血的代价换来的。希望你们保存它，并把它传开去。一百年来志士仁人奋斗以求的新中国，就要诞生了！大家快行动起来，用行动来迎接新的伟大事变！"这可以说是子涛的绝笔。

《文萃》原来在福州路、江西路口汉密顿大厦租有两间写字间,子涛负责编辑,骆何民有个印刷厂担任排印,承德办理发行。后来发现写字间四周有可疑的人出没,知道已经被特务盯上。承德到北四川路北仁智里找黄洛峰帮助转移,洛峰当即把北仁智里一六七号宿舍腾出来给文萃社,挂"人人书报社"招牌。此时子涛居无定处,随身带着的大皮包、帽盒子、鞋盒子装着原稿、校样,公园、咖啡馆、马路上成为文萃社工作人员碰头商谈的活动地点。他们就是这样英勇而机智地坚持工作。

一九四七年六月二十四日(我永远记得这一天),有人到北仁智里读书生活出版社打听人人书报社,我觉得情况异常,应当到一六七号报信。我把身上的全部东西掏来放在办公桌玻璃板上(最重要的是写有地址、电话号码的小本子),空身前去。不料我轻轻推开一六七号大门,就被守候在门后的特务一把拉了进去,恶狠狠地问我:"来干什么?"我说:"来小便的。因为我曾经在这里住过,知道进门墙角有个尿桶。"特务搜查我的全身口袋,只只都是空的,一无所获,当胸给了我一拳:"他妈的!侬这老鬼(老ju,有经验的)!"当天我被押送到亚尔培路(今陕西南路)二号特务机关国民党中统局上海站。审问我的时候,我一口咬定是去小便的。后来知道在外捉人的叫行动组,全是彪形大汉,审问的是政治组,多半是白面书生，共产党的叛徒。审问我的特务名叫苏麟阁，后来专事破坏学生运动，于上海解放时落入法网被镇压，《解放日报》登了头条新闻。

子涛被捕时，身上有支自来水笔，上面刻有他的名字，成了证据。承德被捕时，从身上搜出党的《七一宣言》校样，无可推诿。先他俩被捕的文萃社工作人员，还有一位烧饭的女青年，原来在苏北新四军，因治病来上海。从她身上搜出一张身着新四军军装的照片，真是糟糕透顶！

我被关进囚室时，子涛已先在。晚上我俩并排睡在水泥地上，假装不认识。我问他是干什么的，子涛说是纸行跑街，我说在出版社当校对。

接连三天，子涛经受种种酷刑：坐老虎凳、受电刑、灌胡椒水、用猪鬃刺入生殖器、用烧红的针刺入指甲、用手巾绞脑袋，而子涛始终不屈，没有说出一个组织成员，表现出共产党员坚贞英勇的气概。这在当时，就在囚室传开了。

和我同囚一室的，还有《联合日报》记者杨学纯、《新民报》记者张忱。三位女记者麦少楣、姚芳藻、黄冰另囚一室。

两个半月后，读书生活出版社黄洛峰找关系花钱将我营救出去。我问子涛有什么事要我办，他嘱咐我找陈白尘先生，把情况告诉他。白尘先生是我的老师，我到北四川路底狄思威路（今溧阳路）向他做了汇报。

我没有料到就此与子涛诀别，再也未能相见。后来子涛等由上海押解到苏州监狱，又由苏州转解到南京宪兵司令部，坐了一年多的牢。那时徐海战役已近尾声，蒋军节节溃败，京沪快要解放，天就要亮了。凶恶的敌人就在此时对陈子涛、骆何民、吴承德下毒手，于一九四八年十二月二十七日晚十时绞死了他们。三位烈士舍生取义，求仁得仁。他们的革命精神永垂不朽，将激励后人继续奋斗前进！子涛、承德就义时，都才三十几岁，正值英年，都尚未结婚。骆何民是一九二七年的老党员，曾六次被捕，这次是第七次。

　　今天，在雨花台烈士陵园，见到一批又一批的青年前来瞻仰，他们知道今天的幸福日子是用什么换来的，我深感欣慰！

相约在书店

十多年前,我还在出版社上班,丁聪每星期必来,老远地从西到东,坐公共汽车,路上要换车。

丁聪老诉苦,不知说的真话还是假话,说"家长"(夫人沈峻则谦称是"高级保姆")太怜爱他,不忍心看他横向发展,影响健康,早餐定量供应,一片面包,外加一个西红柿,或半根黄瓜。丁聪翘起嘴唇,说面包薄得风一吹就飘走,还用手比画。一九八三年,我们的朋友李黎从美国来,听了随手画了幅漫画《丁聪先生随风而去的面包》:丁聪笑容可掬,盘腿坐在面包上,仿佛坐着飞毯,飘飘然,一点看不出在受苦受难。

丁聪也学会了"上有政策,下有对策","我有办法,到范用那里'反饥饿'"。

他到三联书店,先看望《读书》杂志的五位女将——人称"五朵金花",聊一阵。到中午,跟范用下小馆,东四一带的小馆子,几乎吃遍。那时候还不兴高档,两个小炒一碗汤,外加四两二锅头,花不了几块钱。

丁聪最反感的是,范用总要叫二两米饭,而又吃不下。于是用语录教育我:"贪污和浪费是极大的犯罪。"代我把饭吃掉,一粒不剩。

我们有一条不成文法:以西单到西四这条马路为界,上路西的馆子,丁聪掏钱,路东的馆子,范用付。有时多几个朋友,就远征到丁府楼下的馆子吃烤牛肉;碰上叶浅予,那就吃叶老的。

我退休了,没有了地盘,丁聪不来了,说:"不好玩了!"只好两地相思。

现在又好玩了。三联书店在美术馆东侧盖了楼,开设门市,附设咖啡座。我们相约今后在三联见面,看看书,喝杯茶,然后"反饥饿";我也反,买不起书,饱看一通,也是"反饥饿"。当然,有好书,也还是要买一两本。

以往,丁聪吃完饭,还有一项重要任务,上王府井新华书店,用他的话说,"送两个钱给书店才心安",买本书,不能空手而返。实在没有可买的,就买张北京市街道图,家里已经有七八张,还买。书买重了,送给范用。书店欢迎这样的买主。

我在出版社,接待过好多位鸿儒、作家、学者、画家。王世襄、费孝通、黎澍、王芸生、萧乾、吴祖光、冯亦代、黄苗子、郁风、黄宗江、卞之琳、吴甲丰、戈宝权、梅朵、方成、韩羽、姜德明……人民文学出版社韦君宜、严文井、孟超、李季、许觉民、绿原,一个楼办公,他们也随时过来坐坐,孟超总端着茶杯。香港三联送来的咖啡，正好用来招待客人。我的出版社小伙伴闻到煮咖啡的香味，也来喝一杯。不过老年人还是习惯喝茶。

有一年，艾芜先生要率团到朝鲜访问，打成都来，七十多了，还爬上五楼到我办公室。三十年代他就是三联书店（读书生活出版社、生活书店）的老朋友，我们是一九四二年在桂林认识的，他住在郊外观音山，生活清苦。初次见面，他杀了一只自己养的鸡招待我，那一年我刚满二十岁，他长我十八岁，我叫他"汤先生"（艾芜本名汤道耕）。

另一位老朋友戈宝权，每回来只谈书不谈别的。我们谈书，谈了四五十年，从重庆谈到上海，又谈到北京。现在，他住到南方去了，夫人贤惠，生活很幸福。

卞之琳先生从干面胡同到东四邮局寄信，走累了，没有地方歇脚，也来爬五楼，走进办公室说："你忙你的，我抽支烟。"楼公（适夷）说："北京没有茶馆、咖啡馆，街上找不到坐一坐的地方，不像上海。记得上海南京西路的一个拐角，有家用球状玻璃器煮咖啡的小店，路过我总要进去喝一杯，十几年前还在。北京老舍茶馆，不是我们说的那种茶馆，也喝不起。"

"文革"期间，一九七二年我"解放"了，袁水拍还靠边站，没有事干，一个人在家里推敲毛泽东诗词英译，有时也来，无可奈何的样子，有点颓唐。

后来他当上文化部副部长，就忙了，没有时间来我这里泡。再后来……世上的事，真难说；不过我至今还是怀念他，诗人马凡陀。

我办公室对门是洗手间，朋友封我为"文史馆长"。"文"者，"闻"也，我如入芝兰之室，久闻不觉其香，客人陪闻，我很抱歉。最近，我还给人民出版社提意见，一要办好食堂，二要修讲究的卫生间，一进一出，乃关系职工利益的大事。为什么会议室倒舍得花钱一再装修？他们说因为要接待外宾。

有一天，真文史馆长启功先生来了，老人家居然登高，赠我一书一画。我从不敢跟人讨字画（王世襄、郁风例外），更不敢向启老讨，看他吃力的样子，我不知道说什么好。

我在人民出版社工作三十六年，在"五二○"办公室三十年，三分之一的人生在这里度过，由中年到老年。一九五八年"大跃进"，一九六六年"大革命"，歌于斯，哭于斯，不堪回首。还有一些可悲可喜、刻骨铭心的事情，留下回忆，难以忘怀。

说是退休会有失落感，我的失落感是再也不能在"文史馆"接待我尊敬的先生、朋友们，向他们讨教，取得他们的帮助，或者随便聊聊。这种闲聊对我也十分有益，增长我的知识，使我知道如何待人接物。他们的乐观精神，更是感染了我，做人很快活。

半个多月前，丁聪住进医院，上星期动手术，到今天还只能进流食。楼公、君宜大姐住院一年多了,我去看望,他们说了许多,可我一句也没能听出来讲的什么。卞老下不了楼,宝权兄出不了房门。我多了一条腿,三条腿走路还不如两条腿。老了,都老了!只有方成,仍骑车到处跑,宗江还漂洋过海,不服老。

丁聪出院,恢复健康,我们每月一定到三联相会,然后下馆子。不过现在得爱惜自己,自觉一点,不大块吃肉,不大口喝酒,让我们的"家长"放心。

十月一日,北京举办"丁聪画展",丁聪书面答谢说:还可再画十年,也就是说画到九十岁,那真是读者的福音!到那一天,八十四岁的小老弟,我一定敬他一杯。

一九九六年十月

我与丁聪

我怎么认识丁聪的?我是先认识(或者说"看上")丁聪的画,然后才认识"小丁"这个人。

上一世纪三十年代上海有两本很有名的漫画杂志,《时代漫画》和《上海漫画》。那时我还是小学生,就爱看这两本漫画杂志,是个"漫画迷"。

不过,那时候丁聪的漫画并没有给我留下什么印象,他在"漫坛"刚刚出道,甚至还不能说出道。比起叶浅予、张光宇、鲁少飞、汪子美,无论从画的思想,还是画的技巧来说,丁聪还嫩得很。不过倒是记住了"丁聪"这个名字;那时他还没有用"小丁"这个名字。

抗战开始,丁聪跑到香港去了,他在那里发表的作品,我见不到。

一九四六年,吴祖光、丁聪、龚之方办了个刊物《清明》,登了一幅丁聪题为《花街》的漫画。"花街"是成都的红灯区。这是丁聪的一幅杰作。在他的笔下,妓女、老鸨、嫖客,人间地狱,惨不忍睹。直到现在,还历历在目。我打心里说:这幅画了不起,丁聪了不起。

抗战胜利了,这时的丁聪,以无畏无惧的斗士姿态出现在上海出版的进步刊物上。柯灵、唐弢、郑振铎主编的《周报》《民主》,还有《文萃》,几乎每期都有丁聪的作品,其矛头直指独夫民贼蒋介石,毫不隐晦,毫不含糊。凤子主编的《人世间》,每期封面、插图、题头都由丁聪作画。

解放以后我调到北京,丁聪也到了北京,我们还不相识。直到一九五七年大鸣大放,致使一大批"右派分子"入网,这才有机会与丁聪结识。

有一天,在文化部大厅批判"右派分子"(那时还只是揭发批判),丁聪作为"二流堂"的一员在座。中午散会,丁聪走进东四青海餐厅吃包子,我尾随其后,坐在一张桌子跟他套近乎。从此,我们算是认识了,进而成为朋友,臭味相投,沆瀣一气。

一九七九年办《读书》杂志。要把《读书》办得有特色,我首先想到丁聪。点子之一:每期发表一幅丁聪的新作。真是够朋友,从创刊起,丁聪每期都给《读书》画一幅漫画,从不脱期。不仅如此,还给《读书》设计封面、画版式。这样的杂志,可以说没有第二家。就这样,丁聪给《读书》画了二十来年,现在还在画。有时还每期两幅。

由此,我们两人来往就更密切了。每个星期丁聪都要大老远由西城到东城,爬楼梯到五楼《读书》编辑部。中午我们两人下小馆子,小四两二锅头两个小炒。我这个人有个怪毛病,点菜同时要两碗米饭,大概是三年困难时期留下的后遗症,总怕没有饭吃。可是喝了酒吃了菜,饭吃不下,又不能退。这时丁聪就要教训我:"伟大领袖毛主席教导我们,浪费粮食是犯罪的行为。"然后替我把两碗饭吃下肚。下一回,我照样要两碗米饭,他又照样帮我吃掉。真是屡犯不改,孺子不可教也。

丁聪为什么如此善良?是因为有一个好"家长"夫人沈峻长期熏陶感化,才培养出一个可爱的小丁。只是小丁不识好歹,有时还要发牢骚讲怪话。他作了一首《十勿起歌》"赠沈家长",诗曰:

冷勿起热勿起,饱勿起饿勿起,咸勿起淡勿起,辣勿起酸勿起,硬勿起软勿起,响勿起轻勿起,累勿起歇勿起,晒勿起轧勿起,省勿起费勿起,捧勿起批勿起。

还注明:"如有不尽然处,得随时修改补充之。"丁聪胆子不小,天没有变,竟然造反了!

二〇〇二年三月

几件往事

读《新民晚报·夜光杯》的《在琴上深情地歌唱吧——怀念恩师马思聪先生》一文,想起桂林的几件往事。

一九四二年在桂林,牛宗玮常来读书出版社分社(对外用"新光书店"招牌),他爱好音乐,我们颇谈得来。他带我到一个地方,好像是环湖西路,欣赏西洋名曲,听唱片,并有讲解,主持其事的是巴金先生,讲解者是一位外国神父,事隔几十年,已经想不起他的名字。

我对西洋音乐知道甚少,战争时期,朋友之中几乎找不出有唱机唱片的。我只知道贝多芬、莫扎特、舒伯特,听过《田园交响曲》《小夜曲》《圣母颂》这些。

那时,乐群电影院经常放映美国电影,放了一部华特·狄斯耐(Walt Disney)的卡通片,上座很好,鲜艳的色彩,美丽的动画,悦耳的音乐,由几首著名的乐曲配成,我看得如醉如痴,连看两遍还不过瘾。这是我看到的最好的卡通片,是好莱坞难得的好片子。

唱片音乐会都在星期天,听的人不过十几二十人。我是在这个场合见到慕名已久的巴金先生，他才三十多岁，我是他的小读者，说不上话。

听了哪些名曲，已经记不清。西洋音乐，我完全是门外汉，除了提琴、钢琴，其他乐器一概说不出。虽然神父力求讲得浅近易懂，我还是一知半解，说是音盲也可以。不过，从此我对西洋音乐产生了兴趣，找机会听，找音乐家传记看。湘桂大撤退，各奔东西，唱片欣赏会也就告终。

我跟宗玮分手后，再也没有见过，他一无音讯，不知去了何方。他译有一本纪德的小说《窄门》在桂林出版。几十年来，每看到书架上这本土纸印的书，我都要想起他。

一九四六年，我从重庆到上海，有了个收音机，凡是播放外国名曲，我都收听。有个电台，每星期日有个固定节目，主办者是一家永和实业公司，主持人为姚继新，还编印一份《乐曲浅释》，每周一期，免费赠送，函索即寄，编得很认真，介绍外国著名音乐家还附有画像，至今我还保存三十几期。

戈宝权给《中学生》月刊写了一个"西洋音乐欣赏"专栏，第一篇楔子用了这样的标题：《音乐——生命的乳汁》，文章开头摘录了罗曼·罗兰《约翰·克利斯朵夫》末卷中的文字：

> 音乐，你曾抚慰过我痛苦的灵魂；音乐，你曾使我恢复宁静、坚定与欢乐，——恢复我的爱与我的善，——音

乐，我吻你纯洁的唇，我把我的面孔埋藏在你蜜也似的头发里。我把我灼热的眼皮偎依在你柔和的手掌中。我们缄默着，闭上眼睛，我却从你的眼睛里看到不可思议的光明，我从你缄默的嘴唇上饮到微笑，于是我便依靠在你的心头，听着永恒的生命的跳动。

他在这个专栏，不仅介绍名曲，还不厌其详地介绍交响乐队的组织和乐器，画出乐队演出的位置，对读者大有裨益。《西洋音乐欣赏》后来没有结集出版，我从杂志撕下自己装订了一本。

与此同时，又买了几本书：丰子恺的《世界大音乐家与名曲》、徐迟的《歌剧素描》。有一天，在四川中路一家琴行的橱窗里看到一本厚厚的《贝多芬》，定价很贵，我也买了。这些书，以及戈宝权的文章，都成为我走进音乐殿堂的阶梯。至于每次遇到宝权，他如数家珍絮絮细谈西洋音乐名家名曲，更使我大为开窍。我刚到上海这年除夕，他和新婚的歌唱家妻子请我吃年夜饭，点红烛，放唱片，如今，成了充满诗意的回忆。

有一年，我忽然获得一笔"横财"，一下子得到六百张日本的西洋名曲唱片。事情是这样的：生活、读书、新知三家出版社在上海有个副业机构，用机帆船往来于上海和解放区大连、烟台，从事贸易。有一次运来一大批唱片，是遣返回国的日本侨民卖出来的，运到上海卖给酒吧、咖啡馆，最后剩下六百张，曹健飞全部给了我。于是我大听特听，大饱耳福，虽然还不能说登堂入室，但欣赏水平有所提高。一九四七年全面内战展开，我过地下生活，在黎明之前最黑暗的时刻，这批唱片成了我的伴侣。上海解放，我调到北平工作，把这批唱片给了三联书店俱乐部，经过十年浩劫，大概早已粉身碎骨。

再说桂林。一九四二年，马思聪先生也到了桂林，李凌介绍我认识他。马先生和夫人王慕理在一个电影院举行演奏会。幕拉开，王慕理坐到钢琴前，才发觉凳子矮了，怎么办？我飞奔回家拿了个枕头给她垫在凳子上，总算救了急，可是电灯又灭了，我再飞奔去买洋蜡，在烛光之下马先生拉起了《思乡曲》，听众中很多失去家园的人，他们永远不会忘记此时此曲。

有一天，李凌告诉我，马先生想带个徒弟，条件是供给食宿，跟他学拉提琴，同时帮助他料理一些家务。李凌想推荐我，我经过考虑，觉得自己不是这块料，工作也不允许我离开，况且我已经二十岁，已经不是学提琴的年纪，只好谢谢凌兄的美意。

后来，到了北京，常在文化部的一些会议上见到马先生。最后一次见到他，是一九六六年六月我们被那位"武化部长"当作"上海四马路的乌龟王八蛋"集中到中央社会主义学院，失掉了自由。每天晚饭后散步，总看到马先生独自低头走路。

此时大家心事重重，相对无言，不知今后命运如何。再以后大家被揪回原单位戴高帽子批斗，不久，我在"牛棚"听说马先生不堪凌辱出逃，小报说他渡海之前摘下了身上的像章。是啊，怎么可以让像章跟着他去走上流亡之路，料想马先生内心一定十分痛苦。

叶浅予先生说："受过欺凌而被迫逃亡的人，最懂得祖国的可爱，爱国之心也最迫切。只有那些口口声声教训别人如何爱国，而自己却横着心凌辱普天下善良灵魂的人，才是真正的罪人。马思聪不欠祖国什么，那些窃国篡权的人却欠他太多。"（《为马思聪饶舌》，一九八五年《文艺报》）

在桂林，还有一件事。那时读书出版社缺少资金，我持李公朴先生介绍信找云南兴文银行经理、聂耳胞兄聂叙伦告贷，他给了一本空白支票，需要钱可随时透支。他对一个年轻人如此信任，我十分感动。办完借钱的事，他请我到后厢房叙一叙，希望我找一位作家写本聂耳传记，当即给了我六本聂耳写的日记，是写在厚洋抄本上的。我想到有一个人最合适，诗人洪遒。当时他正陶醉于罗曼·罗兰的《约翰·克利斯朵夫》，介绍我看罗曼·罗兰、茨威格的传记，还送了我一本《弥盖朗琪罗传》。果然，我和他一谈就成功，我把六本日记交给了他。

聂耳在日记里，记下了他的生活与工作；记下了阅读理论书，渴求真理；记下了对现实的不满与苦闷；无情地解剖自己；他失恋了，刺破手指用手指的鲜血在日记本上画了一朵玫瑰。有一天，记得异乎平日，看得出他十分激动兴奋，写了许多勉励自己的话，我猜想这一天是他入党的日子。

未曾料到不久日军沿湘桂路西侵，桂林紧急疏散，我赶快把日记送还聂叙伦。在送还之前，我和妻穷一天一夜之力，把日记抄录了一份副本，后来来到北京，送给了中国音乐家协会，至今，孙慎兄尚记得此事。

一九七六年我去昆明，聂叙伦先生到宾馆看我叙旧，送了我一张聂耳拉小提琴的照片做纪念。洪遒于解放后任珠江电影制片厂厂长，忙于行政工作，没有时间写作，如今洪遒也安息了，当年写一本聂耳传记的愿望终于未能实现。现在我仍然希望看到聂耳传记：像罗曼·罗兰《贝多芬传》那样的文学传记。

一九九七年盛夏酷暑

自得其乐

住在东城时,离叶老(圣陶)家不算远,可以常去看望叶老和至善兄。搬到城南以后,除非"打的"(还得不被拒载),难得去一回。如今,叶老不在了,跟至善兄还是有的谈的:谈书,谈出书。

二月间,至善兄曾来一信,说"希望有机会见面,想谈的似乎很多,很可能见了面什么也说不出。不管怎样,还是希望有机会见面"。我也是,人老了,就是想跟朋友多见上几面。

昨天,他托人带来两本书和一封信。书是香港的一位作家的两本随笔,因为书中谈的,跟教育、学校、师生、文学、文字有关,十年前送给叶老看的。至善兄信上说:"在抽屉里找到两本借给父亲的书。父亲大概没有看,因为眼睛实在不管事了。我手头实在忙,没法下功夫看,还是早点归回为好。"

意外的是,信里附有两首手写的歌谱,一首《卜算子》,一首《荆轲》。

我从未听说过至善兄也爱唱歌,只知道他会拍曲。等看了信才明白,他说:"我的视力也在衰退,闭上眼睛休息的时候,就哼哼唧唧,给旧诗词配上熟悉的西洋曲子。复印了两首呈上,求指正。记得许双的文章说外公喜欢唱歌。"

我马上按谱放声高歌,惊动了老伴,连声叫我:"轻点!轻点!"

《卜算子》一首,系苏轼下放靠边站的时候,"黄州定慧院寓居作"。词如下:

> 缺月挂疏桐,漏断人初静。谁见幽人独往来,缥缈孤鸿影。　　惊起却回头,有恨无人省。拣尽寒枝不肯栖,寂寞沙洲冷。

配的曲子,是苏格兰斯科特的《安妮·罗莉》。原歌词(邓映易译配)如下:

> 在美丽的山坡下面,朝露闪闪发光。
> 就在那里,安妮向我盟心起誓。
> 她的誓言多真诚,我永远难以忘记。
> 为了可爱的安妮·罗莉,我愿安息在那里。

这个曲子配上苏词唱,听起来有那么一种凄清冷寂的味道。

另一首,晋代左思作的五言古诗《荆轲》(《咏史》之六):

> 荆轲饮燕市,酒酣气益震。
> 哀歌和渐离,谓若傍无人。
> 虽无壮士节,与世亦殊伦。
> 高眄邈四海,豪右何足陈。
> 贵者虽自贵,视之若埃尘。
> 贱者虽自贱,重之若千钧。

配的曲子却是意大利威尔第歌剧《弄臣》中的《公爵之歌》,歌词也有中译,是大家熟悉的:"女人爱变卦,像羽毛风中飘";"主意不断变,不断变腔调。"唱来轻佻诙谐,跟《荆轲》完全两码事。可是这首曲子配上左思的这首古诗唱,倒也给人以激昂悲壮之感,这就奇妙了。假如让多明戈来唱(就像我们有的歌手不识外文而能唱外文歌那样),同样会绕梁三日,我想。

把中国诗词与西洋乐曲相配,李叔同的《送别》就是用美国奥特威作的曲子配的,词是李叔同自己作的。他也给古人的诗词配过外国曲子,例如把聂胜琼的《鹧鸪天·别情》一词配上韦伯的《森林女郎》序曲就是。后来似乎没有人这样做的,当今,恐怕叶至善只此一家。

别以为做这件事很便当，词的字数跟曲的节数必须相当，合拍。《文心雕龙·乐府第七》有云："凡乐辞曰诗，诗声曰歌，声来被辞，辞繁难节。"是说给词谱曲，词不宜多，多了，得删节。给古诗词配曲，词不能删，配曲的难度更大。再说，词意跟曲调也得相投，起码大体可以。总之，是要花些功夫的，不信，您试试看。以古诗词配西洋名曲的乐趣大概就在于此。

人老体衰，只要尚未"蒙主宠召"，还得快快活活过日子，自己找乐，自得其乐。如果叶老还在，说不定会跟至善兄一块儿琢磨推敲，一块儿找乐。

这几年，至善兄大部分时间精力都用在编《叶圣陶集》，还有不少社会活动，现在也还闲不下来。我倒希望他忙里休闲（现在时兴"休闲"这个词儿。"休闲俱乐部"之类咱们休想，那是大款、公款才玩得起的地方，再说，咱们也没那份兴趣，还是自己找乐，免费休闲吧)，继续开发古诗词配西洋名曲，古为今用，洋为中用。倘若有哪家出版社愿意出本集子，让有兴趣的人也乐它一乐，功德无量！

至善兄长我几岁，快要进入望八之年，脑细胞尚能跳迪斯科，思维活泼，长寿无疑！

七月十二日清晨（一九九五年）

二十三日至善兄又来信,说《女人善变》(《公爵之歌》)的曲调本来豪放,在西方早有人填了新词,译过来,歌名是《夏日泛舟海上》,重复达三遍之多,在现在的歌本上可以找到。

还说,古诗词配曲,已经配成了四十首,"颇有几首出人意外,也有不满意的",想积到五十首编成一本小册子。

七月二十五日又记(一九九五年)

子夜惊魂

十月十七日夜，倚床看书，几十年的习惯，一卷在手，方可入睡，比安眠药灵。

好书奇书就放不下手，要看到深夜，像最近看到的几本书，一本《历史不再徘徊——人民公社在中国的兴起和失败》，一本《陈寅恪的最后二十年》，还有一本《一个朝圣者的囚徒经历——1932—1939年在苏联的遭遇》，就是。

忽然电话响了。有一种朋友专拣这个时候打，你准在家。来电话的是日本朋友刈间文俊，一位热心于中日文化交流的朋友，他又来了，普通话说得比我好。

寒暄几句，刈间君陡然冒出一句："听说苗子先生去世了。"我好像遭了电击，五雷轰顶，怎么可能呢？三月间他去澳大利亚还好好的，我叮嘱他早一点回来，至迟春节。他说："一定！一定！"这次回来就不走了，定居北京。

刈间说，他是从一位日本汉学家那里得知的，消息来自一位中国作家。汉学家已经写了文章寄回东京报道此事。

刈间说："也许听错了，这位汉学家的汉语不太高明。"希望是误传。

虽然已经十二点,还是打电话问问丁聪的"家长"沈峻。她一听,斩钉截铁地说:"绝不可能。"

一夜没有睡好,快到天亮才迷迷糊糊睡着。电话又响了,沈峻打来的,说已经跟苗子通了电话。阿弥陀佛!原来乌有。

过了两天,沈峻转来苗子的传真,是苗子的手迹,确凿无疑。老华不知道起因,骂苗子没事吃撑了。这份传真是:

华君武先生并转沈峻:本人于一九九六年十月十七日晚十二时厌世自杀。并已通过日本刈间君电话通知范用先生,以为从此幽冥异路,永难与京中友好相见了。但一念"悼文"尚未改好,无法向组织及白吃了他们八十三年米饭的广大人民交代;二念一个人独行,道路不熟,生怕要上天堂时,错走地狱,从此永劫不回;三念君武、黄胄、范用、宪益、小丁骂我不先打个招呼,鬼鬼祟祟地溜跑,不像男子汉大丈夫行为。所以现在还没死。此外,还因各位应写的对黄苗子挽联悼词,一个都没有交卷,生前看不见这些"荣哀",死不瞑目。所以目前正在犹豫,是死是活,听候发落。苗子未绝笔。十八/十/一九九六。

"活下去,还是不活?"大有丹麦王子派头。我可以保证,苗子一定会活下去,还有那么多要写,他怎么肯撒手呢?此次去澳大利亚就是为了可以安安静静地写作。苗子是走不了的。

所谓"悼词",苗子在丁聪的《我画你写》中有一篇字字珠玑的《遗嘱》,全文如下:

> 我已经同几位来往较多的"生前友好"有过协议,趁我们现在还活着,约好一天,会做挽联的带副挽联(画一幅漫画也好),不会做挽联的带副花圈,写上几句纪念的话,趁我们都能看到的时候,大家拿出来互相欣赏一番。这比死了才开追悼会,哗啦哗啦掉眼泪,更具有现实意义。因此,我坚决反对在我死后开什么追悼会、座谈会,更不许宣读经过上级逐层审批和家属逐字争执仍然言过其实或言不及其实的叫什么"悼词"。否则,引用郑板桥的话:"必为厉鬼以击其脑。"

好厉害!不过,苗子写这篇遗嘱确实出于至诚,绝非戏言。那种需要经过上级审批的"悼词",不知给人事部门伤了多少脑筋,字斟句酌,往返磋商,又不给稿费,我就经办过好几起。早在十年前,苗子就立过一篇更为详细的遗嘱,说什么:"如果有达观的人,碰到别人时轻松地说:'哈哈!苗子这家伙死了。'用这种口气宣布我已自动退出历史舞台,这是恰当的。

我明白这决不是幸灾乐祸。"说什么不必按其生前级别买骨灰匣,只要预备一个放过酵母片或别的东西的玻璃瓶,"这并不是我舍不得出钱,只是因为作为一个普通的脑力劳动者,我应当把自己列于'等外'较好"。说什么也可以"约几位亲友,由一位长者主持,肃立在抽水马桶旁边,默哀毕,就把骨灰倒进马桶,长者扳动水箱把手,礼毕而散"。

我的老领导华应申亦有类似遗嘱,他走了已有十五年:

> 效法杨老(东莼),改革丧事套套。什么"向遗体告别",千万别搞。死了赶紧烧掉,骨灰不留,做肥料。也不要去八宝山追悼。本单位开个小型座谈,工作检讨,生活检讨,缺点错误也不饶,不是光说好。

我最犯愁的,怕别人抢在我前面先走,怕接到讣告,怕接到电话。这几年,每年都要接到好几回,有什么办法!"海外东坡"也不止一回了,上一回是舒告诉我亦代仙去。也没有什么不好,先大恸,弄清楚了,又大喜,好像做了个噩梦醒来,大大地松了一口气;噩梦也有可爱之处。

一九八九年,我给单位写过一个报告,我死了,不要发讣告,不要写行述,由我的子女出面通知亲朋好友。我拟好了几句告别词,请潘耀明兄在香港印了一张小卡片——那年体检,疑患胰腺癌，准备告别，不料活到现在，有惊无险，平安无事。我的告别词要言不烦：

>匆匆过客，终成归人。在人生途中，倘没有亲人和师友给予温暖，给予勉励，将会多寂寞，甚至丧失勇气。感谢你们！拥抱你们！

但愿夜夜平安，电话铃不响，睡个好觉！

一九九六年十一月十五日

曾祺诗笺

往岁新春前,曾祺兄有诗笺寄我。去年,曾祺女公子汪潮编父亲的全集,应她的要求,我拣出两封寄去,这部八卷本的全集现已出版。

近日,清理旧信,又找出几封。故人已去,诗笺不再来。我把曾祺先后寄来的诗笺抄录于此,以寄托怀念之情。

一

忽忆童年春节,兼欲与友人述近况,权当拜年。

醒来惊觉纸窗明,雪后精神特地清。

瓦缶一枝天竹果,瓷瓶百沸去年冰。

似曾相识迎宾客,无可奈何罢酒钟。

咬得春盘心里美,题诗作画不称翁。

右呈范用兄　汪曾祺顿首　卅日

(一九八九年)

二

范用兄：近作两首，录奉一笑。

辛未新正打油

宜入新春未是春，残笺宿墨隔年人。

屠苏已禁浮三白，生菜犹能簇五辛。

望断梅花无信息，看他桃偶长精神。

老夫亦有闲筹算，吃饭天天吃半斤。

七十一岁

七十一岁弹指耳，苍苍来径已模糊。

深居未厌新感觉，老学闲抄旧读书。

百镒难求罪己诏，一钱不值升官图。

元宵节也休空过，尚有风鸡酒一壶。

此二诗亦可与极熟人一看，相视抚掌，不宜扩散，尤不可令新入升官图的桃偶辈得知。不过你似也没有官场朋友，可无虑。风鸡（我所自制）及加饭一坛，已提前与二闲汉缴销了，今年生日（正月十五）只好吃奶油蛋糕矣。

稻香村亦有糟蛋卖，味道尚可，但较干，似是浙江所产，较叙府所产者差矣。叙府糟蛋是稀糊糊的，糟味亦较浓。

春暖，或当趋候。即颂元旦佳胜！

　　　　　　　　　　弟曾祺顿首　星期二

　　　　　　　　　　（一九九一年）

三

不觉七旬过二矣，何期幸遇岁交春。

鸡豚早办须兼味，生菜偏宜簇五辛。

薄禄何如饼在手，浮名得似酒盈樽。

寻常一饱增惭愧，待看沿河柳色新。

　　　　　　　　　岁交春一首呈范夫子一笑

　　　　　　　　　汪曾祺　一九九二年一月

四

范用同志：近读《水浒》一过，随手写了一些诗，录奉一笑。这样写下去，可写几百首。

　　　　　　　　　曾祺顿首　六月二十八日

读《水浒传》诗

街前紫石净无瑕，血染芳魂怨落花。

丽质天生难自弃，岂堪闭户弄琵琶。（潘金莲）

六月初三下大雪，王婆卖得一杯茶。

平生第一修行事，不许高墙碍落花。（王婆）
凤凰踏碎玉玲珑，发髻穿心一点红。
乞得赦书真浪子，吹箫直出五云中。（燕青）

枉教人称豹子头，忍随俗吏打军州。
当年风雪山神庙，弹指频磨丈八矛。（林冲）

桃脸佳人一丈青，如何屈杀嫁王英。
宋江有意催春色，异代千年怨不平。（扈三娘）

寿张县里静无哗，游戏何妨乔作衙。
非是是非凭我断，到来不吃一杯茶。（李逵）

五台山上剃光头，一点胡髭也不留。
放火杀人难指数，忽闻潮信即归休。（鲁智深）

曾祺真是写家，诗兴一来，读《水浒》竟然要写它几百首。他的诗，亦如他的散文，行云流水。正如他所说的："生活本身散散漫漫的，写文章也该是散散漫漫的。"作诗每每涉笔成趣。有时也寓沉痛于打油。"望断梅花无信息，看他桃偶长精神。"他盼望的信息是什么？我说不准。对"桃偶"的鄙视憎恶，却是明白的。"狐狸方去穴,桃偶已登场。"这是鲁迅《哀范君之二》一诗写的(见《集外集拾遗》)。时代不同了,桃偶依然。曾祺嘱我"不可扩散",有什么可怕的?我不是没有官场朋友,有几位,绝非"桃偶"之辈,大可放心。

曾祺说过:"我希望我的作品能有益于世道人心,我希望使人的感情得到滋润,让人觉得生活是美好的,人,是美的,有诗意。你很辛苦,很累了,那么坐下来歇一会,喝一杯不凉不烫的清茶,——读一点我的作品。"感谢曾祺,每到春节总不忘记我,送来"一杯不凉不烫的清茶",使我的感情得到一次滋润,使我陶醉在诗意之中。丙子岁末还画一《桃源竹林小鸟》小条幅给我,使我备感春意。

曾祺夫人施松卿早就告诫我,不要再拉曾祺喝酒,我遵守了。我和曾祺最后一次喝酒,是一九九七年春间,喝的啤酒,只能算是饮料;那是永玉归来的一次欢聚,还拍了照,我们面前每人一大杯扎啤。不料五月份他就去世了,哀哉!

如今,松卿也走了,一前一后,相距仅有一年半,好像约好了似的。同甘共苦四八载,这样的好伴侣,曾祺有福。哥嫂走好,小弟祝祷一路平安!

写于戊寅岁杪
一九九九年三月

漫画家与范用

我爱漫画,还是小学生时,就爱上了漫画。

一九九二年漫画家廖冰兄漫写范用:"热恋漫画数十年,地覆天翻情不变,范用兄亦漫画之大情人也。"情人眼里出西施,在我眼中,漫画家胜过西施。

漫画家笔下的范用,神态不一,但都丑中见美,我是他们眼中的西施。

贺友直与我同乡同龄,我们只见过一面,喝过一次黄酒,即成知交。他三次画范用。癸酉年画范用"下海",手持篓,肩负渔网,想来是去捞黄鱼回来做黄鱼羹下酒。又画范用练摊儿,摆地摊卖书,每斤两毛,卖文每千字二十元,还卖画,每尺二千元,其实我一笔都画不出,纯属虚构。

甲戌新正初一,贺先生又画《五柳安居图》赠我。画范用居茅屋,看书喝茶,怡然自得。

乙卯年画了一幅《千杯不多》,范用、徐淦持杯,酒坛打翻在地,醉态可掬。

贺友直有一本画自己的连环画,画自己童年、当学徒、逃难生活。这些情景我都很熟悉,读来令人鼻酸。

黄永玉画范用:"除却沽酒借书外,更无一事扰公卿。"宽袍大袖古人装,"挟书又煽扇,想是喝多了",悬于客厅,供人欣赏。

华君武画范用"过关图"。某年范用自香港归来,过深圳,海关警铃大振。原来范用带了一套不锈钢的烧烤餐具,被误为武器。范用摊开双手,不知所措,虚惊一场。

方成画范用手抱一摞书,腾空而起。此画无标题无说明。一说准是被炒鱿鱼,踢了出来;一说是跟老婆闹翻了,要打脱离,范用说别的都不要,只要书;一说是在书店偷书被发觉逃了出来;又一说可能是抱书仙去,上马克思那里去报到,手中

漫画范用　方成画

抱的马列经典，以证明自己是好学生。

近日韩羽画范用坐在酒壶中手持一卷："书癖甚可难扁鹊，酒徒何妨让高阳。"早几年韩羽还赠过范用一画：《金钱豹大战孙悟空》。苗子戏题："道不比魔高也偏胡闹，真的是归真的，假的难逃一棒，劈头抡露出真形貌。"（调寄《生查子》）

"文革"期间，大字报中有一幅漫画，四人抬轿，坐者刘少奇，范用持哭丧棒，如丧考妣。甚为有趣！作者小王，美编也，我的同事。"大革文化命"，地翻天覆，见此漫画，却精神一振，情有独钟也。去年我请他重作此画，俾得珍藏传之后世。

青年画家杨平凡画范用，竭尽夸张之能事。我的那本小书《我爱穆源》用作扉页。

此外，叶浅予、鲁少飞、丁聪、苗地、丁午几位漫画家，也都画过范用。

我常常看这批漫画，十分开心，这是范用吗？瞧这德行样子。

二〇〇二年三月

漫画家的赠书赠画

漫画家签名赠我的书,开本最大(30英寸×32英寸),捧在手中最沉重的,是一九九二年香港美术家出版社出版的《人物画大家叶浅予》。编者说:"叶浅予是艺术领域的瑰宝,他的生命在艺术探索中显得多彩多姿,在创作上是一个令人叹息的多面手。"编者从叶浅予工作室保存的各个历史时期学习、教育、旅行、创作上的具体资料,编选了这本大型画册,其中包括一百九十七幅作品和年表。

叶老赠我的几本书,其一为回忆录《细叙沧桑记流年》,内容包括:《上海创业史》、《抗日行踪录》、《"天堂"开眼记》(访美见闻)、《师道与世道》、《十年荒唐梦》、《婚姻辩证法》。原来计划写八个分册,只完成六册,另两册因健康原因搁置。

叶老还赠送我两本漫画集:《王先生和小陈》《叶浅予漫画选》。前者我还是小学生时就从报刊上看到,还改编拍成电影,人们从《王先生和小陈》认识叶浅予,这是他的成名作。

浅予先生赠我大幅水墨画《新疆舞》,说:"不落上款,你有需要时可以换钱。"怎么会呢?再穷我也不会出卖叶老的画。

送给我书册数最多的,是华君武和丁聪两位漫画家。

二〇〇三年河北教育出版社出版了一部《华君武集》,共十册:文集四册、漫画集五册、影集一册。文集:《我怎样想和怎样画漫画》、《补丁集》、《漫画漫话》(上下)。其中《补丁集》《我怎样想和怎样画漫画》先出版过单行本,君武兄都给了我。

在此以前,人民美术出版社、上海人民美术出版社都出版过华君武漫画选集,是我最早得到的君武兄赠书。以后四川美术出版社按年代出版《华君武漫画》,从一九四五年到一九九〇年,共九册,君武兄也一一签赠。君武兄说:"范用是真正的漫画发烧友。"我欣然领受。

最近收到的君武兄赠书,是二〇〇五年新出版的《漫画一生》。作者在自序中说,从这本书可以看出:"如果没有革命的教育就没有我的漫画。"我们看华君武各个时期的作品,可以感受到这一点。

二〇〇一年君武兄还出过一本《华君武漫画十二生肖》。他说:"我在漫画里喜欢画动物,常有十二生肖做主角,因为有些动物富有人的性格、行为、七情六欲,漫画上借动物做褒贬更有趣些。"

一九九六年,君武兄在《华君武漫画》(一九九一——一九九四)一书中题词:"范用是我们漫画家的好朋友,可惜他无权,如有权必为我们的保护神。"未免抬举了我。

丁聪漫画，最早在三联书店出版的《昨天的事情》和《古趣一百图》，均由我经手。

《昨天的事情》所收集的是一九四四至一九四七年的讽刺漫画。这一时期丁聪的作品，如实地画了国民党在垂死前的种种虚伪和狰狞的面目。丁聪说："四十年代是比较遥远的昨天了，把那时的作品翻出来，是想让年轻的一代知道旧社会是怎么回事，要珍惜今天的生活来之不易。"后面附有一九七八年以后的作品。作者说画里所批评的问题，有些今天依然存在，之所以把这些画编在《昨天的事情》，是愿这批讽刺画的内容，早日成为昨天的事情。丁聪的这一愿望能否实现，看来得打个问号。

丁聪在赠送我的《昨天的事情》上题词："是你鼓励我出这本小册子的，谨致衷心的感谢。"我乐意做这种工作。

以后三联书店又出版了丁聪的《古趣一百图》和十册"丁聪漫画系列"。

不久以前，方成兄也出了一本颇有自传性的图文并茂的《幽默画中画》，他说："我几十年的艺术创作和研究历程，就是在创作实践中对漫画和幽默艺术的认知过程。"

早在一九八四年，经我的手由三联书店出版方成兄的《幽默·讽刺·漫画》，以后，又请方成兄编了一套"外国漫画家丛刊"，共十册，所选这些漫画家的作品，内容不同，风姿各异，从中可见各国漫画的民族特色和别具格调的艺术表现手法，使我们开阔眼界，对外国人民的生活和艺术有更多的了解，也为我们的漫画家提供必需的艺术参考资料。在每一册之前，都请漫画家或研究者写了序言。出版这套丛刊，是我和方成兄一次愉快的合作。

多年来，我先后得到方成兄的赠书有：《高价营养》《方成漫笔》《画里画》《乐趣无边》《画外文谈》《漫画的幽默》《这就是幽默》《幽默的笑》《方成漫画》《漫画入门》《方成水墨画集》。方成是一位写作甚勤的画家。

韩羽不仅会画，而且杂文散文也写得非常之好。黄苗子说："谁读了韩羽的画和文章都感到兴味盎然。"

我最喜爱他赠送我的《两凑集》，精装小开本外加封套，彩色印刷，可谓精品。我先后得到他的赠书计有：《闲话闲画集》《陈茶新酒集》《杂烩集》《杂文自选集》《韩羽小品》《韩羽随笔》《信马由缰》。

韩羽画范用坐在酒壶里看书，题曰："书癖甚可难扁鹊，酒徒何妨让高阳。"又画《金钱豹大战孙悟空》，苗子戏题："道不如魔高，魔也偏胡闹。颠倒孙悟空，真伪金钱豹。真的总归真，伪的难逃跑。一棒劈头抢，露出真面貌。调寄生查子。"

高马得先生也是又能画又能写的高手，晚年专以戏曲为题材。一九九三年马得先生赠我《画戏话戏》，一九九四年赠我

《画碟余墨》。一九九八年赠我《马得戏曲人物画集》,这也是一本大型画册,捧在手里沉甸甸的。一九八六年,马得先生曾经赠我水墨画《游园惊梦》,祖光兄题《还魂记》柳梦梅上场词。

汪曾祺说:"马得是个抒情诗人。他爱看戏,因为戏很美。马得能于瞬息间感受到戏的美,捕捉到美。"看了马得的作品,信然。

贺友直先生在解放前画连环画谋生,后来转向创作。去年收到他的赠书《贺友直画三百六十行》,一本从内容到装帧、印制都十分精美的画册。友直先生是"老上海",对十里洋场的市态人物十分熟悉,因此画来得心应手,入木三分,我也在旧上海待过,因此,读来十分亲切。

在此以前,友直先生赠我的画集还有:《贺友直画自己》《申江风情录》《捕捉阳光》《朝阳沟》《李双双》。还画过四幅"漫画范用"赠我。

贺老有一幅自画像:"一架眼镜中透出他双眼发出犀利目光,这是一张神情并茂的自画像,目光如炬,观察人间万物,因之也创作了为人民喜闻乐见的好作品。"(华君武)

前年,漫画家廖冰兄寄赠我大型作品集《"三劣"同乐集》。冰兄先生说:"世有自称为或被称为诗、书、画三绝者。而我的画,俗而不雅;我的诗,只能算是顺口溜;我的字,无根基法度。可谓三劣,若要打分,每样最多得三十分,可是三者加起来便得九十分了，能不感觉自我良好耶？"

廖老是专画"悲愤漫画"的政治漫画家，毕生创作数以万计，以漫画记录了中国大半个世纪的沧桑。冰兄漫画是一部浓缩了的百年中国史。

在此以前，一九八六年廖老还曾经赠送我《冰兄漫画》（一九三二年至一九八二年作品选）。

一九九二年廖老以范用漫画像赠我，说我是"漫画之大情人"。确实，至今痴情不变。

我有幸得到漫画家如许赠书，在这方面，我是富有者。

此文写就，又收到几本赠书：丁聪《我的漫画生活》、方成《我的漫画生活》、贺友直《上海 FASHION》、高马得大型昆曲画册《姹紫嫣红》，真高兴。

二〇〇五年四月

书香处处

去年,我收到浙江农村一位青年的来信,他中学毕业没考上大学,做小生意当个体户,卖牛羊肉为生。他是个爱书人,爱读"有品位的、书卷气十足的书"。爱读柯灵、金克木、季羡林、张中行、黄永玉、黄苗子、杨宪益……的书。"发誓等将来有更多的钱买更多的书,以充实自己的心灵。"他想读王国维、陈寅恪的著作,不知何处可以买到。

我看了他的信十分感动。我是个干出版工作的,也是个爱书人,有这样不相识的读者把我看作知己,说不出地欣慰。

我要让我的同行也受到鼓舞,摘录来信写了篇小文,请《文汇读书周报》《钱江晚报》发表。

这篇文章登出以后,商务印书馆退休编辑,也是我的朋友汪家熔,给我来了封信,愿意把他的藏书王国维、陈寅恪文集赠送这位青年。

这又叫我十分感动。王国维文集我只知道有部《观堂集林》,没读过,有好几卷吧。陈寅恪文集有部六卷本《寒柳堂集》。这两部书目前都不容易买到。汪家熔兄如此慷慨,赠书给不相识者,读书人之美德也,唯有读书人才了解求书之渴啊!这只能是书林佳话,可遇不可求。

由赠书我联想到借书。我一生受过不少师友赠书之惠,而更多的是受惠于到图书馆看书借书。

小时候,先是在学校的图书室借书看,后来到五州图书馆借书看,那是镇江地方上热心人士办的,我在那里看了不少新文艺书刊。

进一步,通信借书。上海有个蚂蚁图书馆,只要买本该馆的图书目录(有一厚本),查出要借的书,写封信附去邮资,不出一星期书就可以寄到,如果书借出了暂缺,会另外推荐一本借给你。办这个图书馆的是地下党员和职业青年,这是后来在武汉认识蚁社负责人何惧同志才知道的。

至今我还记得在蚂蚁图书馆借到的书,有辛克莱的《屠场》、杰克·伦敦的《铁蹄》、雷马克的《西线无战事》、良友出版公司的"新文学大系"、张天虚的《铁轮》(这是一部以苏区为背景的长篇小说)。图书馆目录上印着那本书目的页数,厚本薄本邮资差不多,我拣厚的借。

二三十年代,在上海、北平等大城市,某些中小城市,都有一些私人办的图书室,大多是爱读书的人把自己的书放在一起,供同好借阅。楼公适夷在一篇回忆谢旦如的文章里这样介绍"上海通信图书馆":

在钱庄当学徒的富家子谢旦如和穷小子（后来当上江苏省委宣传部长跳楼拒捕牺牲）应修人两人一见如故，一拍即合，一块儿学习，一块儿参加救国十人团。他们和另外几个视书如命、热心国家大事的小开，共同发起了读书会，把各人的书放在一起，专人保管，不分你我，互相交流。每月还出钱买新书刊。图书渐渐多起来，从"共进读书会"转变为"共进图书馆"，到1923年对外公开，改名为"上海通信图书馆"。凡是爱书的青年，无论生张熟魏，到晚上都可以进来看书，填一张单子，把书带走，定时归还。甚至外埠青年也可以通信借书。一封信来，书立即邮去，书读完寄回，一律无偿，也无担保，这样办了五年，借书人遍布全国，甚至胡适也当上了会员。

后来，上海又有个著名的"电报流通图书馆"，史量才老板聘请李公朴、艾思奇、柳湜、夏征农等进步人士主持其事，不仅出借图书，还解答读书问题，乃至社会、人生问题，影响更大。

上面说的，今天听起来近乎"天方夜谭"。去年在报上见到上海公布的取消乱收费项目，其中有多项图书馆巧立名目的收费。看到这里，请莫给我扣今不如昔的大帽子，谁不愿意风景这边独好今胜昔。然而出书要作者掏钱、书店无立身之地、图书馆经费短绌,绝非好兆,让人揪心。

当我们过上小康的日子,但愿有好书可读,有好书可借,同步小康,甚至提前一步走向大康,书香处处尽开颜。"面包会有的",书当然也会有。贫穷不是社会主义,精神堕落思想匮乏更不是社会主义。两手抓,两手都过硬,抓精神文明建设,也得有点抓三峡工程、申办奥运的气派,如何?

希望在人间,我这不算是奢望,起码也是一种良好的愿望吧!

我的读书观

小孩子看戏,常常会问:"这是好人还是坏人?"有的人读书也要问:"这是好书还是坏书?"

书没有绝对好或绝对坏的。好书坏书,看了以后得自己判断。人能够思考,要相信自己有判断能力。这种判断能力,要靠读书养成,读得多了,有了比较,渐渐就会有判断的能力。

读好书可以得益,读坏书也可以得益,从反面得益,可以知道什么是坏书,坏在哪里。

我有个癖好,人家说不好的书,一定要找来看看;说是好奇也可以。十年前我写过一篇文章,里面讲到我接待台湾来的客人,他们提到"先总统"蒋介石,我说读过他的《苏俄在中国》,他们提到"故总统"蒋经国,我说读过他的《风雨中的宁静》。来客大为惊奇,你读台湾的书?是啊。我不能让人家得到这么一个印象,只会说哪些地方好玩,哪些东西好吃。我们知书识礼。

我的读书格言:"博学之,明辨之,开卷有益,读书无禁区。"这是一个完整的句子,不可割裂,关键在于"明辨之"。

二〇〇二年四月二十日

衡宇相望成梦忆
——怀念一氓先生

十几年前的一天清晨,李一氓先生派人送来一张便笺:

仲淹左右书两卷奉缴衡宇相望有暇过我一谈知名不具即(原信无标点)

那时李老住在艺华胡同,后门开在北牌坊胡同,汽车可以出入,与我家相距只有几个门牌号,衡宇相望。

这天午睡后即去李老家,闲谈了一个多小时,归来才省悟,原来老人家担心我是否平安无事。那两天,又是游行,又是静坐……我这个人向来怕去人多的地方,一如往常,坐在家里看书喝茶。而老人的关怀,至今想起来,仍然深为感动。

李老有个不小的庭院,种了不少花草树木,有时候去,李老不是在松土浇水,就是在剪枝。我的小院里的竹子、美人蕉、爬墙虎、香椿树,也都是李老让我移植的,还画了图,教我如何把竹根横埋,真是细心周到。

这两个院子连同胡同都早已不复存在,建起了高楼大厦。

北京的胡同和院子,越来越少,总有那么一天,只能留在人们的记忆之中了。

李老的书房、客厅、饭厅,给我的印象,用一句话来形容:都恰到好处。窗明几净不用说,室内的陈设、使用的家具,乃至书桌上的文房四宝,都有来历,在在都显出主人的文化涵养。李老在回忆录里曾经说到从父亲那里接受的影响,爱整齐干净:

> 习惯于手拿一把鸡毛掸子,什么地方有灰尘,就掸除到什么地方。桌子上有点小摆设,也拿鸡毛掸子横比顺比,力求位置妥当,协调雅观。至于洒扫庭除,就更不用说了。所以我家虽穷,却很整洁。如问我的父亲对我有什么影响,我要说其他的都没有什么影响,只有这一点有相当影响。至今我还是愿意花点功夫把前后左右弄得整整齐齐,窗明几净,才心安理得。

坐在李老的书房里,听他娓娓细谈,是一种享受。李老参加过北伐、南昌起义,在上海从事地下工作,到苏区后担任过国家保卫局长,编过《红色中华报》。这之后,两万五千里长征北上。到达陕北以后,一度担任过毛泽东的秘书。抗日战争时期,协助叶挺组建新四军。抗日战争胜利后,担任苏皖边区政府主席,皖南事变突围到香港。"文化大革命"期间,受"四人帮"迫害,关进秦城监狱,长达六年之久。至于字画、古董、版本,更有的谈的。真是"听君一夕谈,胜读十年书",可谓人生快事。李老对我说:"你随时来,不用通报,按一下电铃进来。"就这样,我在李老那里读到这么一部大"书"。

有一次,我随李老坐车回家,遇红灯。李老告诉我:在上海做地下工作时,中央给了他一千块钱,买一辆二手汽车,同时学好开车。车上坐什么人,还是放上个什么东西,不必问,送到完成任务就是。李老说,直到现在坐车遇到红灯,还会习惯性地用脚踩一下刹车。

我请李老写部回忆录,写下来让后人知道。李老动笔写了,我成了第一个读者,每写完一章,我去取,或者他派人送来。这部回忆录即人民出版社一九九二年出版的《模糊的荧屏》一书。

我还请求李老将文章、题跋编集交三联书店出版,先后印了两集:《一氓题跋》和《存在集》。李老去世后,又印了一本《存在集续编》。这三本书由我设计版式,正文用四号仿宋体竖排,行距疏朗,比较悦目。封面亦由我(叶雨)设计,用李老的印章组成,是我比较满意的经手出版的书。李老诗词《击楫集》,一九八七年亲自编完,到一九九五年才由中华书局出版。

有两件事我难以忘怀。

一是李老知道我在编潘汉年纪念集,特地抄了三首潘汉年的诗送来。这三首诗原来发表于一九四三年淮北《拂晓报》。

一首是《梦游玄武湖》：

> 紫金山下看清秋，鼙鼓声中访莫愁。
> 断壁残垣增惆怅，丑奴未灭不堪游。

一首为《步前韵》：

> 栖霞夜雨秣陵秋，旧日山河故国愁。
> 遥拜中山魂欲断，低头潜入白门游。

还有一首是《探海东同志病》：

> 劲绿成荫曲径幽，门前一道小溪流。
> 沉疴不起经三载，髀肉重生已白头。

二是主动给《读书》杂志写稿，以"一氓读书"栏目，先后寄来六篇稿子，即后来编印在《存在集续编》中的六篇"读书札记"。李老写这组文章，意在提倡一种文风，反对写文章"言必称希腊（马列）"、摘引马列词句，而是用马克思主义的观点写作。

李老雅好词曲研究，所藏历代词别集、总集甚多，书房里有一排书架全是词集,尝手编《花间集校》,择宋、明、清善本,详参互校。所收藏的词集,后来全部捐献给公家,有一部分捐赠杜甫草堂。又喜搜集古代木刻版画,传刻优秀作品,先后选印了《明陈洪绶水浒叶子》、明清《西湖十景》版画集;据康熙本《御制避暑山庄诗》,选其中三十六幅精美插图,编为《避暑山庄三十六景》一书。此外,还编印了一本《明清人游黄山记钞》,书前李老写的序文,论述黄山风景以及明清人的游记。这些书是线装本,古朴雅致,每出一种即见惠,如今成为我最珍贵的藏书。

李老担任国务院古籍整理出版规划小组组长,对收集、整理和出版古籍倾注了大量心血,将古籍整理工作推进到一个新阶段。有一次去,见他手拿一卷刚收到的《大藏经》,喜悦之情溢于言表。他就古籍整理,写过好几篇专论,从方针到书目、版本选择及校勘,发表过精辟的意见。这几篇文章,都编印在他的文集中。

李老精于食事,尝著文谈谭家菜,谈京、沪、汉、港的四川馆子,连坐落何处都记得,对北京的川菜馆还专门做过调查。

最后,我要介绍李老谈广告的文字。他写过一篇题为《广告·文学·文明》的文章,其中说:

> 我们的广告制作家可以看看,前人那些广告,上至宋

代的《清明上河图》,下到清代末年的桂林轩,都实事求是,遣词命意,还相当文雅,绝无恶俗之气……现在许多广告,特别出现在电视、广播上的,殊嫌浅薄,从形象、声调、语言,都以刻意模仿东洋为能事。模仿得越像,越自鸣得意。偷懒、不动脑筋、人云亦云,只见东洋特色,何来中国特色?还有乱造词句,不知所云,无论和那个商品的外形和内涵都沾不上边,还是喋喋不休。还有不怕脸红,瞎吹"誉满全球",究竟是誉是毁?究竟是全球还是全球的零点三平方米?值得研究……实有必要搞个广告作家训练班,第一门课上《什么是中国》。第二门课上《汉文广告写作大纲》,第一章叫《如何医治不通》,这一章最好请吕叔湘教授讲,因为他在这方面很严格。第三门课上考古学的边缘科学《广告考古学》,看看从甲骨文以来我们祖先对于广告是怎么搞的。第四门课上《鲁迅广告学》,好好阅读、学习、讨论鲁迅为许多书籍出版所写的广告,与其抄东洋,不如抄鲁迅。我们的广告作家把广告写好,还可汇印为文集,也算是文学之一支了。

大声疾呼,用心良苦!

我在出版社工作,写过不少广告文字,看了李老的这番话,不免汗颜。

怀念书友家英

爱书人习相近癖相投，遂为书友，有几位已先我而去，黎澍、唐弢、陈翰伯、田家英。思念之余，不免有寂寞之感。

五十年代初，在人民出版社工作，认识了田家英。他在编《毛泽东选集》，官衔是中华人民共和国主席办公厅副主任，我们称之为"毛办"。

初见田家英，只觉得书生模样，看不出是延安的老干部，毫无官气。还不到三十岁，像个大学毕业生。我说的是四十年代的大学生，某些思想进步的大学生，富有热情，但无浮躁骄矜之气，温文儒雅、谦恭可亲。当然这只是表面印象。有所接触，才逐渐了解家英的才干和为人，虽然他只读过几年中学，但是在长期的革命锻炼中，却成长为政治上走向成熟的干部，"三八"式干部。

我们除工作来往，更多的接触是因为彼此都爱书，或者说都有爱看杂书的癖好。

他的杂有个范围，不外乎清末民国以来的文史著译，包括政治、经济、社会史料。他研究中国近现代史，在延安已经出版了两本有关民国史事的书,是延安有数的"秀才""笔杆子"。

我是什么也谈不上的杂,东翻西看,漫无边际,不问有用没有,"拾到篮里便是菜"。

他在中南海有间大办公室,除了一角放办公桌和沙发,几乎大部分地方摆满了书架。我每回去,谈完公事,他都要领我参观藏书,尤其是新搜求到的书。他有跑旧书店的习惯,常去琉璃厂。出差到上海,必去四马路上海书店,收获甚丰,我看看也过瘾。

家英读书没有框框,不先分什么香花毒草,不以人废言,这大概跟他长期在毛主席身边工作有关,受老人家的影响。有人说毛主席当然读书无禁区,凡人又当别论。我不相信此种高论。我向来认为天下只有读不尽的书,而没有不可读之书。好书坏书读了才知道,信不信是另一码事,不可混淆。同一本书,见仁见智随你的便,书品跟人品没有必然联系。但也有嗜臭者,比如有人只对"此处删去××字"有兴趣,有人却看了作呕。不必担心,自有公论。一本书读了,再听听看看议论更好,七嘴八舌,早晚会水落石出,更上层楼。这也是东翻西看的好处之一。这比封闭起来,只有一家之言好,提倡百家争鸣是自信心的显示。

《海瑞罢官》有人认为"要害是罢官",是为彭德怀翻案。家英读了却说看不出有什么大阴谋。孰是孰非,只有自己读它一遍，才能知道谁胡说八道。家英在这方面一点不含糊，不鹦鹉学舌，人云亦云。

我爱读杂文、散文、笔记，注意到家英收藏周作人、聂绀弩的集子相当齐全，跟我有的相差无几。他说绀弩杂文写得好。

那时周作人的书旧书店有，但内部发行。家英对我说："你缺少什么，我替你找。"内部售书要凭级别，分几个档次，家英常替毛主席找书，不受限制。我忝为中央一级出版社副总编辑，也还是低档次，有些书连看看的资格都没有。

有时他来出版社，也到我的办公室看书。有一些港台书他未见过，如金雄白的《汪政权的开场与收场》，叶誉虎的《遐庵清秘录》《遐庵谈艺录》，"托派"出版物《文艺世纪》杂志等，都借去看。

有一部陈凡编的《艺林丛录》，是《大公报·艺林》副刊文章汇编，他很感兴趣，借去看了一两年，几经催索才还来。他在我的藏书印之上加盖了"家英曾阅""家英曾读"印记，这在我还是头一回碰到。

这部书至今还在我的书橱里，每看到它，心里十分懊悔，家英爱看这部书，为什么不送给他，我太小气。

我们常常议论看过的书、知道的书，读书又谈人，谈文林逸事、古今文网、笔墨官司，等等，直言无忌、毫无顾虑。他只大我一岁，生于一九二二，我一九二三。入党也只早我一年，他一九三八,我一九三九。我们是同时代人,有共同语言。他知识面广,有见解,我远不及他。有时看法不尽一致,并没有因为他官大,得听他的。不是有句名言"真理面前人人平等",真理不一定都在官手里。

在家英面前,精神上是平等的。与他相处,有安全感,不用担心有朝一日他会揭发我思想落后。有的人就得防着点,我就碰到这么一位,借我的胡风著作,说要看看,到清算胡风,却说我看了那么多胡风著作,不可能不受影响。我说,读书看报,映入大脑就是影响,难道也有罪过,也得洗脑?

中国历史上的统治者,总是跟读书人过不去,总要在这方面做文章。秦焚书坑儒,明清株连九族,到"大革文化命",谁家有几本书会坐卧不宁,甚至可能遭殃。书成了万恶之源,成了祸根,难道教训还不够?

家英不仅买旧书,还醉心搜集有清一代学者的手札、日记、稿本,兴致勃勃地拿出来给我看,并且详做介绍。近人如黄侃、苏曼殊、柳亚子、鲁迅、郁达夫的墨迹,也有收藏。他买到过一本账簿,上面贴满函牍,写信人和收信人都有来头,他一一考证,如数家珍讲给我听。他说解放初期在旧书店乃至冷摊,不难觅得此类故纸,花不了多少钱就可到手。他买回来装裱成册、汇编成书,其乐无穷。

他还买了不少清人墨迹,扇面、条幅、楹联,有心收齐戊戌六君子的墨迹,已经有了若干件。他指着壁上邓石如行书"海为龙世界,天是鹤家乡"五言联告诉我,这副对联曾在毛主席那里挂了一些日子。

在实行低工资年代,家英以有限的工资和稿费收购清儒墨迹,不遗余力,不仅装裱,还要外加布套布函。他乐呵呵地告诉我:"我儿子说爸爸的钱都买了大字报。董边(夫人)也说我把布票都花了。"

家英在十几年中收集的藏品约五百家一千五百件。一九八九年北京出版的《书法丛刊》以专号介绍"小莽苍苍斋"藏品,可见一斑。家英说,所有这些将来都要归公,故宫博物院院长吴仲超早就盯上了,说都要收去。我想,家英早已有此打算。

一九六二年,我想办一个大型文摘刊物。家英看到我试编的《新华文萃》样本,要了一本。我说上面没有批准出版。他说:"我带回去放在主席桌上,他也许有兴趣翻翻。"这桩事,我一直提心吊胆,怕批评我绕过了中宣部,家英好像不在意。我想他是赞成办这样一个刊物的,否则他不会送给毛主席看。一直到一九七九年出版《新华文摘》,我的这一愿望才实现,而家英弃世已经十四年,我不能送这本刊物给他了。

最后一次见到家英,是一九六六年五月。那时丧钟已响,山雨欲来,黑云压城。我在王府井新华书店唱片门市部,遇到家英和逄先知秘书。我是去抢购"四旧"粤剧《关汉卿》、评弹开篇等唱片。过了几天消息传来，家英面对迫害，用自己的手结束了生命，终年四十四岁。

后来读了逢先知送我的《毛泽东和他的秘书田家英》一书，方了解家英何以自尽。他在整理毛泽东的讲话时，删去了有关《海瑞罢官》的一段话，关锋告密于"四人帮"，他受到王力、戚本禹的迫害，乃不惜以死抗争。

由此我回忆起大约一九六四年或一九六五年去家英处，闲谈中扯到戚本禹的《评李秀成自述》一文，家英很生气地告诉我，在他手下工作的戚本禹，把一封群众来信擅自转给了地方有关组织，会使写信人遭受打击报复，违反了有关的规定。家英把此事交给党小组，用他的话，"要帮助戚本禹认识错误"。他怎么会想到，就是这个"小爬虫"后来充当"四人帮"的杀手，把他逼上死路。家英心里明白，早晚有一天要搬出中南海，他非常了解毛泽东。令人悲哀的是，家英不是活着走出中南海！

我写这篇小文，除了怀念家英，同时想回答一个问题，广州《书刊报》"书写人生"征文启事说："漫漫人生路，书可能是你的精神食粮，希望爱书的朋友写下最深刻的一点体会。"

我想了一下，我的体会是什么呢？能不能说，读书也是做人的权利？认识世界之权、调查研究之权、知己知彼之权，无圣人凡人之分。

家英身居高位，我不羡慕，却羡慕他买书方便，读书自由。

一九六四年,我奉命组织班子编《蒋介石全集》,在这方面曾经有过一点小小的方便。现在卸磨养老,买不起书,海外书友偶有寄赠,有一部分被邮检没收了,大概怕我沾染毒菌或者营养过剩,有碍健康吧。如果家英还在,知道了会怎么想?

家英说自己"十年京兆一书生,爱书爱字不爱名"。毕生追求光明,竟为黑暗所吞噬。有人说家英书生气太重。在我看来,书生气比乡愿、比八面玲珑可贵。

我怀念书生家英,我的书友!

一九九三年十月

怀念胡绳

我十六七岁就读胡绳的著作《新哲学人生观》《辩证法唯物论入门》,那时正醉心于追求新思想,学习新思想,如饥似渴。这两本通俗哲学著作和艾思奇的《大众哲学》,深入浅出,我反复阅读,爱不释手。

胡绳写这两本书时,不过十八岁二十岁,就足以担当青年导师了。

初见胡绳同志,是一九三九年在重庆,他在学田湾生活书店工作,我在武库街读书生活出版社。当时我刚入党,有一天陈楚云同志带我到七星岗某处听讲,到的人只有五六个,胡绳之外还有赵冬垠,他也是读书生活出版社的编辑。在座的有侯外庐,想来他也是党员。听谁讲,凯丰,那时他在八路军办事处。讲的内容就是后来发表于沈志远主编的《理论与现实》季刊上的《论知识分子》,后来印成了书,在解放区畅销一时,在国统区则成为禁书。

我不知道这一次胡绳对我这个十几岁未脱稚气的孩子留下什么印象。以后,又见过几面,没有深谈,但他对我十分和善,平易近人。

再次见面，是一九四六年在上海。我离开重庆时，组织关系在何其芳处，他告诉我到上海后由胡绳同我联系，但是过了几个月都不见他来。有一天，我在四川路底乘一路电车，在车上见到胡绳，十分高兴，但胡绳立即以目暗示彼此不识，不能交谈。以后得到通知，关系转到冯乃超处，但也未接上。直到一九四八年方学武来，说关系又转到吴克坚处了，这才又过上组织生活。

解放以后，胡绳在出版总署任办公室主任，人民出版社成立，他兼任社长，我在他领导下了，但他并不管出版社的日常工作，由王子野、华应申主持。开会时他来做过几次报告。出版总署和人民出版社同在一处，常常碰到他。

上世纪六十年代初，人民出版社出版他的《帝国主义与中国政治》《枣下论丛》，接触就多了。他住在史家胡同，与人民出版社及我住处很近，我也就常常去他家走动，请教出书和编辑工作中的问题，得益良多。他爱喝酒，常以茅台酒飨我。那时一瓶茅台八块钱，二锅头才几角钱一斤。他的爱人吴全衡同志在重庆时就认识，一直把我看作小弟弟，还曾经动员我到生活书店去工作，我们叙起旧来，十分高兴。

后来他做的"官"越来越大，不便轻易去打扰他了。当然，去找他是不会遭到拒绝的。

一九九八年秋天，胡绳住院，王仿子约我去看他，他精神很好，谈兴甚浓，将近一个小时谈了许多往事。回来我告诉老伴，我又见到当年的胡绳了。

我还带去一九三九、一九四〇年胡绳用"雍蒲足"笔名写的一组读书随笔《夜读散记》。胡绳看了在上面题字："范用同志出示五十余年前从我主编的《读书月报》上一些小文章剪集在一起的本子，经历了半个世纪的风云，居然尚存，实属不易。"

没有多久，胡绳寄来一笺《八十自述》。诗中说"四十而惑，惑而不解垂三十载"。四十岁是一九五八年，三十载是到一九八九年，我们过来人都知道其间政治风浪是怎么翻腾的，当时，有谁能说得清楚？提心吊胆过日子，哪里谈得上理解。不少人直到丧生都"惑而不解"。而在胡绳，困惑正是觉醒的开始。

胡绳同志在一九九六年写的《胡绳全书》第二卷引言中有一段肺腑之言：

> 从一九五七年以后，我越来越感到在我的写作生活中从来没有遇到过的矛盾。似乎我的写作在不是很小程度内是为了适应某种潮流，而不是写出了内心深处的东西。我内心深处究竟有什么，自己并不十分清楚，但我觉得自己

的头脑和现行的潮流有所抵牾。现在看来这种矛盾的产生是由于我不适应党在思想理论领域内的"左"的指导思想。但当时我并不能辨识这种"左"的指导思想。正因为我不理解它，所以陷入越深的矛盾。

这一段反思说明，晚年胡绳同志终于由惑而悟而明了，十分可喜，值得赞美。一九九八年十二月，胡绳到长沙，参加一个"毛泽东、邓小平及马克思主义中国化"理论研讨会，做了发言，随后将发言写成近二万字的专文《毛泽东的新民主主义论再评价》发表，竟遭到某些人的责难和攻击。这是胡绳同志在理论研究方面所做的最后的贡献。我希望对这一问题有兴趣者都能一读此文（后收入《马克思主义与改革开放》文集，由中国社会科学出版社出版）。

胡绳逝世后，吴江在其悼念文章中对胡绳有如下的评价，我以为全面中肯，恰如其分：

> 胡绳虽官阶不低，但非政要，他以理论家、史学家名于时，亦将以近代史著作传于世。但他同时具有深厚的古典文学修养，这一点却很少为人所知。他的学识是多方面的。总的说来，胡绳是善于从理论上思考问题的人，具有思想家的特征。在我们这里，做著名学者易，做思想家难。

做思想家首先要能够把握时代脉搏,洞察历史发展趋势,能站在时代前面谈话立论,而不满足于仅仅以积累的大量知识像玩七巧板似的拼成各种图案以炫耀自己的学说。在以"阶级斗争为纲"的那个时代,在历次批判运动中,胡绳属宽厚派、温和派,尽量不说过头话,诚如他在给我的信中所说:所论常"未能尽意",即持相当保留态度之意。这是颇难能可贵的。但胡绳还有其另一方面,即在政治上洁身自好,谨言慎行,处处自我设防,在重大关键时刻或重大问题上易受制于人;不轻越雷池一步,这可能限制了他作为思想家的才能的发挥。但是这种情况到了他的晚年特别是最后几年,却有了惊人的改变——这有他逝世后一个月出版的《马克思主义与改革开放》一书为证。毛泽东《新民主主义论》称得上是马克思主义的发展。如今胡绳同志对资本主义与社会主义的关系这一课题作进一步的探讨,又有新的成果,在社会科学研究方面,做出新的贡献。因此,我们深深怀念胡绳同志,这位杰出的马克思主义理论家。

近读李普《悼胡绳》一文,他认为胡绳一生也有"早年实现自我,中年失去自我,晚年又回归自我"三个阶段,与吴江所说是一个意思。另一篇《忆胡绳》的文章叹曰:"古今中外,有几个人到了七十、八十还能反思?""胡绳作为一个八十岁老人,不容易啊!"

我怀念胡绳,更钦慕其为人。

二〇〇一年五月

心里一片宁静
——给宝权兄

去年十二月,宝权夫人来信,嘱我为一本有关宝权兄的文集写点什么。宝权在外国文学研究、翻译以及新闻工作方面的成就,会有人写。我只给宝权写了封信,聊聊往事,叙叙旧情,想来已经念给他听了。未料到上个月宝权即辞世远行。从此幽明相隔,再也不能相聚把晤,哀哉!痛哉!

日子过得真快,不知不觉,我们两个都老了。俗话说"老掉了牙",我已经嗑不了瓜子咬不动花生糖。前天看电视《夕阳红》,那里面说高龄分三个年级,那么我是中年级,你是高年级。自我们相识,我一直把你看作兄长,哥。

两年前,我来南京看你,你躺在病床上,除了交谈困难,你的神态跟以前一样。我们的手紧紧地握在一起,心里有多少话要说啊!见到医院的条件很好,有培兰嫂和护士精心照料护理,心里感到宽慰。

你一定记得《西塞罗文录》这本书,梁实秋的译本。西塞罗写这本书时六十五岁,其中《论老年》一文说:

心里一片宁静

现在我决心写一篇文章论老年,贡献给你,因为我愿减轻我们俩共同感到的老年的负担……我很想知道你必能以稳重的聪明的心境来承受这个负担,如承受其他的负担一般……最令我诧异的,是你从不以老年为厌烦……自然是最好的向导,我奉自然为神明。人生的戏剧的各幕既经自然要为布置,最后一幕大概是不会被忽略的……如树上的果实田间的谷粒,总有成熟的时候,不免要枯萎下坠,此种境界智慧的人便该心平气和地去接受。

年轻时读这几句话,视为隽语。现在重读,心里一片宁静。

我和你订交于抗日战争期间,那是一九三九年在重庆。而早在一九三五年,我就在杂志上看到戈宝权这一名字。那时我还在上小学,级任老师周坚如订有一份杜重远主编的《新生》周刊(那是在韬奋主编的《生活周刊》被国民党查禁以后改换刊名继续出版的),他看我很爱看这份刊物,特地又订了一份给我看。《新生》每一期都有四面影写版时事图片,我很感兴趣。由看图片进而阅读文章。你给《新生》写"名人及名著"专栏,头一篇,介绍英国托马斯·摩尔《乌托邦》一书。当时,我还是一个很幼稚的孩子,读了这篇文章,朦朦胧胧中知道未来的社会"万事平等,无富贵贫贱之分",启发了我的想象。我更感到新奇的是,在那个国家里,"不通用金钱，并且轻视金银，说金银是不名誉的证据，仅用来做便器和锁罪人之用"。文章中描写的摩尔被处死，从容走上断头台的情景，深深印在我的脑海里。啊！宁愿为理想而抛头颅洒热血，令人可敬！

接着，你一篇又一篇介绍苏格拉底、柏拉图、亚里士多德这些智者贤者，使我粗浅地知道他们的思想德行。其后你又介绍荷马及其史诗《奥德赛》，我当故事来看，饶有兴味。

我又读《中学生》杂志上茅盾写的"世界文学名著讲话"专栏，知道《十日谈》、《吉诃德先生》、《哀史》（《悲惨世界》）、《战争与和平》等一系列文学名著的故事。当时热心做这种思想、文学媒介启蒙工作的还有郑振铎、胡愈之等几位先生。现在这些名著都已经有译本，但在当时，还只能通过介绍文章知道其大概。经过你们铺设的阶梯，年轻人甚至像我这样的少年读者才能走进文学殿堂观光。你一生好读书、热爱文学，又引导别人读书、热爱文学，在这方面做了不少工作。直到八十年代，还编写了一本讲解《马克思恩格斯选集》中希腊罗马神话典故的读物。这本书是经我的手出版的，一本不到十万字的书，我们俩共同商量设计版式、封面，选配插图。打倒了"四人帮"，重新工作，心情特别愉快。在短短的时间内，这本书受到读者欢迎，重印了三次。

战时重庆，我在读书生活出版社工作，你在《新华日报》

当编辑。这两个单位都是中国共产党南方局领导的,亲如一家,我的领导黄洛峰跟《新华日报》好多位同道都是旧交,与地下工作时期的同道——熊瑾玎(尊称"熊老板")、章汉夫、许涤新、吴敏、华西园(华岗)、石西民、徐迈进、徐君曼来往频繁,因此,他们也就知道出版社范用这个"小鬼",十分亲切。我和你因为是书迷,更加投合,每次见面,总是谈论书,就此一谈五十年。

在中国新闻史上,有着《新华日报》最光辉的一页。如今,《新华日报》的这些前辈,除了你,都已经不在人世。我之所以写下这一串名字,也是表示我对他们的怀念。他们都十分爱护出版社的我们几个年轻人,至今难忘。

一九三九年五月,重庆遭受敌人的大轰炸,《新华日报》编辑部从市区疏散到化龙桥,几乎每星期你都要进城,那时没有交通工具,来回几十里,全靠步行。读书生活出版社出版《文学月报》,你和罗荪、以群、力扬等担任编委发稿,我校对,跑印刷厂,加上同时出版楚云、冬垠主编的《学习生活》半月刊,真叫人觉得有使不完的劲,都陶醉在工作之中。由于轰炸,经常停电,晚上在油灯下工作,也不感到什么叫作疲累。你除了给《文学月报》写稿,还同时给《学习生活》《读书月报》(胡绳、史枚主编)写稿,是多产作家。

一九四一年皖南事变,按照周公(恩来)的部署,一部分文化人撤离重庆,你去了香港。《文学月报》《学习生活》以及其他刊物,或被查禁,或被迫停刊,在反共政治逆流下,重庆文化界进入萧条时期。一九四二年一月,我也调离重庆。

太平洋战争爆发,日军进攻香港,我在桂林,万分担心你、洛峰和许多朋友的安全,直到你们脱险归来,才放下心。两年后,我经历了湘桂大撤退,也回到重庆,劫后重逢,分外高兴。

这时,重庆的文化工作又重现活跃。你既忙于参加活动,又勤于写作翻译,还担任《新华日报》和《群众》周刊编委,你又处于写作翻译的旺季。

那时出现了一股"罗曼·罗兰热"。在这以前,我曾经从桂林、衡阳、曲江、南昌四地商务印书馆买齐了一套四卷本的《约翰·克里斯朵夫》(傅雷译本)。湘桂大撤退没有丢掉,书到重庆,好多朋友都来借阅。何其芳从延安调到重庆,就向我借这部书,他借书的信,至今我还留着做纪念。我搜集剪辑了一本罗曼·罗兰文章和资料集,你写作发表于《群众》周刊的《罗曼·罗兰生平及其著作和思想》一文,这些资料派上了用场。你给我的信,说《群众》上的那篇专文,差不多就全是靠了它写成的",我很高兴。后来又找到罗曼·罗兰致敬隐渔函,"可惜见到太迟了,不然又可大做文章"。

苏联卫国战争期间,作家们纷纷走上前线,他们写的战地通讯，有不少篇是你日夜赶译登在《新华日报》。其中爱伦堡的通讯传诵一时，后来辑印成两本书：《六月在顿河》和《英雄的斯大林格勒》，周公题写了书名，这两本书你早已没有，我把自己的藏书给你也算是"物归原主"。两本书是跟爱伦堡的巴黎通讯集《不是战争的战争》合订在一起，想来已经随同你的藏书一起捐赠给图书馆。

说到爱伦堡，有一件事我很抱歉，一九四五年日本投降，大家纷纷做东归之计。人好走，书却成了问题，带不走那么多。用你的话说，老婆好办，说走她就跟你走，书走不了。读书生活出版社租到一条木船，由重庆运送图书、纸型去上海。我把你的藏书和我搜集的图书资料，一起托运，不料木船在途中触礁沉入大江。押运的工作人员居然从江中捞起了几包书，在河滩上晒干运到上海。你的书多是俄文书，有的是作者签名送你的，有法捷耶夫、爱伦堡等人。我把从江中捞起为数不多的十几本书送给你，你十分激动，对于一个爱书人，没有比失书更为痛心的了。我不仅没有给你帮上忙，却使你损失了许多珍爱的书，十分抱歉。

一九四六年我也到了上海，你已经有个自己的巢，有了伴侣。这一年除夕就是在你家中过的。点起红烛，喝酒，听音乐；你有不少名曲唱片。西洋音乐我知道得很少。你给《中学生》杂志写"西洋音乐欣赏"专栏，自谦是"门外文谈"，我读了倒增长了不少知识，并且由此对西洋音乐产生了兴趣。

解放以后，生活安定了，每个月拿到工资，总要先送几个钱给王府井外文书店，选购一两张音乐唱片（那时只有苏联东欧的，价钱并不便宜）。"文革"期间，我的唱片曾经被小将们抄去展览，作为资产阶级生活方式的罪证。音乐给人们带来快乐，殊不知也会给人带来苦恼，"革命"是如此可怕而又可笑。

你写的"西洋音乐欣赏"，第一篇有个动人的标题：《音乐——生命的乳汁》，作为楔子。文章开头，你引用《约翰·克里斯朵夫》末卷中三段谈音乐的文字。这里，我摘抄几句：

> 不朽的音乐，唯有你常在。你是内在的海洋，你是灵魂的深处……像成堆的云雾，灼热的、冰冷的、狂乱的日子，为烦躁不安追逐着的，为任何事物不能固定的，都远远离开你飞逝了。你是独自成为一个世界的。
>
> 音乐，童贞的母亲，在你的纯洁的身体中蓄积着一切的热情……你是超乎恶，超乎善的；凡是在你的身上找到荫庇的人，都生活在时间之外。
>
> 音乐，你曾抚慰过我的灵魂；音乐，你曾使我恢复宁静、坚定与欢乐——恢复了我的爱与我的善……我们缄默着，闭上眼睛，我却从你的眼睛里看到不可思议的光明，

我从你缄默的嘴唇上饮到欢笑。于是我便依靠在你的心头，听着永恒的生命的跳动。

接着你写道：

> 的确，音乐是一切语言的语言，是心灵的最伟大的信使，是永生的不朽的。在音乐的优美的和声里，蕴藏着无限的美梦和魅力，当你的心灵枯竭或是陷入苦痛的深渊时，它同时也能丰富你的心田，给你以狂热的创造的生命力。

在"文革"漫长的黑夜里，在失去自由的日子里，我的心里时常回响着贝多芬、莫扎特、柴可夫斯基、萧邦……的曲子，这是唯一的慰藉，我就会想到你。几十年过去了，在上海的那个夜晚，只剩下温馨的回忆。现在，我还想再听听那老唱片，重温旧日的时光。

在上海，你在塔斯通讯社工作，同时给时代出版社编《苏联文艺》月刊，我保存至今的完整的一套《苏联文艺》，是你按期送给我的。你编辑的《普希金文集》《高尔基研究年刊》《奥斯特洛夫斯基研究》也都一一签名送我。在当时，出版这样大部头的文集，很不容易。我尤其喜爱你翻译的勃洛克的长诗《十二个》，虽然全书不到一百页，却是经你精心设计装帧的方形开本，米色道林纸印正文，橘红色画面纸作封面，外加包书纸。封面上安能科夫所绘插图，是另外用纸贴上去的。包书纸用咖啡色油墨印的勃洛克画像。书里有六幅插图，还有一张作者的原稿手迹，内封面绿黑两色套印，十分雅致，你在上面写了三行蝇头小字："小范兄惠存，译者谨赠，一九四六年六月二日于上海。"正文之前附有温克罗夫的《俄国文学巨匠亚历山大·勃洛克》，书后有季莫菲耶夫等三位苏联作家有关《十二个》的评介，真是尽善尽美。八十年代我经手出版德拉伯金娜的《黑面包干》，装帧曾模仿《十二个》。我希望现在能有出版社按原样重印时代版的《十二个》。

你介绍、研究俄国文学、苏联文学做了大量的工作。我接触俄苏文学，最早是读鲁迅先生翻译的小说，即刊登在《译文》和后来辑印在《竖琴》《一天的工作》两本集子里的小说。后来又读他翻译的《毁灭》（法捷耶夫）、《死魂灵》（果戈理）、《坏孩子和别的奇闻》（契诃夫）以及曹靖华翻译的《铁流》（绥拉菲莫维支）、《苏联作家七人集》。现在的人很难体会五六十年以前我们这一代人阅读俄国文学、苏联文学的心情。在文学史上，俄国文学和苏联文学都占有重要的地位，尤其是俄国文学，可以说是群星灿烂，有其辉煌的成就。托尔斯泰、普希金、莱蒙托夫、果戈理、陀思妥耶夫斯基、屠格涅夫、奥斯特洛夫斯基以至高尔基、契诃夫，他们的作品是人类宝贵的文学遗产。苏联文学继承俄国文学，也给世人留下不朽的作品，例如《静静的顿河》（肖洛霍夫）、《日瓦戈医生》（帕斯捷尔纳克）。苏联卫国战争时期某些作品，今天来读仍能激动人心。像依萨可夫斯基的抒情诗，你翻译的《喀秋莎》《而谁又知道他》《在井旁》，有些句子我都背得出来。又如《钢铁是怎样炼成的》《青年近卫军》《丹娘》《宁死不屈》这几部小说，今天给青年人看，我认为仍然有益。现在中国读者又能读到苏联的流亡文学，长期被禁闭的文学，都是好事。在这方面，无论是老一辈的翻译工作者，还是今天的新一代的翻译工作者，对他们我都怀有敬意，读者要感谢他们。你翻译、研究俄苏文学的成就，已经获得国家、国内多项荣誉，不久以前出版了你的译文集，我这个老友也为之引以为荣，并由衷向你祝贺。

我絮絮叨叨写了这么多，还可以再写下去，要倾吐的话很多，但我不得不暂时打断。这里，让我再抄几句西塞罗的话以作结束：

> 凡是不会过美德的幸福的生活的人，无论什么年纪都是厌烦的；反转来说，对于自身有美德的人，一切自然规律所必产生的事物便没有一件是可恶的。老年便是这种事物之一。

一生中随时修养美德，在一生事业终了时便会产生奇异的结果。回想起一生的善行，也自有无限的快乐。

如前所述，你的成就，你的作为，把全身心奉献给文学事业，足以证明你是一个具有美德的人，因此，你是幸福的。在此，请接受一个六十年的老友的衷心祝福！

一九九九年十二月十七日灯下

郑超麟及其回忆录

我有幸结识两位世纪老人，一位是董竹君（一九〇〇—一九九七），另一位郑超麟（一九〇一—一九九八）。

大约是在一九四二年，我买到一部上海中华书局出版，俄国作家梅勒什可夫斯基所著《诸神复活——雷翁那图·达·芬奇》，译者绮纹即郑超麟。当时对绮纹其人一无了解，到后来才知道。

一九八八年前后我在三联书店任职时，出版了一批外国文学传记，《诸神复活》是其中的一本，但无法与译者取得联系。

还是楼适夷先生和我谈起郑超麟，他曾经被国民党逮捕，在南京中央军人监狱和郑超麟关在一起，当时他和郑超麟是不同政见者，一是共产党员，一是"托派"。监狱"教诲所长"沈炳铨为了照顾关在牢里的一批"文化人"，让他们翻译德文《军事法典》，名为翻译，实际是跟老师学习，老师就是郑超麟。译稿拿出去出版，得到稿费。郑超麟译得多译得快，拿的稿费也多，买了不少食品、药物和营养品。他自己所需不多，常常大部分分送给难友，不管这些难友是和他同政见或不同政见的。

郑超麟因反对国民党坐了七年监牢。解放以后，又因"托派"问题被捕坐了二十八年监牢，一九七九年恢复自由，被聘为上海市政协委员。从适夷先生那里知道郑超麟先生传奇的一生，非常想一见这位毕生为共产主义信念奋斗的老人，一九九六年出差到上海，得便拜访了他。

郑先生住在一所简陋的居民楼里。第一次见面，就给了我十分亲切的印象。我在他面前是个后生小子，郑老却一点也没有架子。

郑老说：我和你是同行。原来早在二十年代郑先生任中共中央宣传部秘书，负责编辑中央机关报《向导》《布尔什维克》，党的出版机构叫"人民出版社"，而我去拜访他时是北京的人民出版社负责人。

从那以后，我们之间通过不少封信。我竭力鼓动郑老撰写回忆录，因为他是早期党史的见证人，已经很难找出第二个人。郑老一九一九年赴法勤工俭学，一九二二年参加建立少年共产党，一九二四年参加中国共产党。在一张一九二三年拍摄的"少年共产党"改名"中国社会主义青年团旅欧支部"大会留影中，有周恩来、王若飞、陈乔年、郑超麟等人。

一九八二年人民出版社以"现代史料编刊社"名义出版《郑超麟回忆录》，只印了一千册，内部发行。

一九九八年我把郑老前前后后写的回忆录，以及《论陈独秀》《马克思主义在二十世纪》，加上诗词《玉尹残集》、诗词近作汇编三卷《史事与回忆——郑超麟晚年文选》数十万言交香港天地图书公司出版。为编此书，全稿我阅读了三遍：第一遍为初读，第二遍为编选，第三遍是看排印清样。在北京植字排版，制成菲林寄香港付印，力图在郑老百岁大寿前出版。出版社全力以赴，将第一册书赶送到上海，飞机中午到达，郑老却已在当天上午去世，距他心血结晶送达上海仅差数个时辰。令人欣慰的是，郑老生前为文选写了一篇自序，也可说是遗言。

最近，东方出版社作为"现代稀见史料书系"之一，重印此书。我愿借此机会郑重向读者推荐这部有关中国现代革命史的参考读物。

还需要提到的是，当年我编这部书，香港出版这部书，曾得到罗孚先生的资助，他为此卖了一幅藏画。为此郑老特在香港版的自序中感谢罗孚先生。香港版还附录罗孚的《郑超麟老人最后一封信》一文，记述与郑老之交往。遗憾的是，东方出版社重印本未经我的同意将自序和罗孚的文章全部删去了。我希望罗孚的这篇文章一同刊出，也算是书林史话吧。

苦乐本相通　生涯似梦中
——悼祖光忆凤霞

祖光兄一年前遽然去世，心里无比悲痛，回忆前尘往事，不禁泫然。

我第一次见到吴祖光，是在一九四六年。我由重庆到上海，祖强托我捎点东西给祖光，我送到祖光家中，他出来开的门。

在这之前，我早已闻名"神童吴祖光"。他十九岁在四川江津国立剧专，就写出了讴歌东北人民抗日斗争的话剧《凤凰城》。七十年了，至今我还能够唱出它的主题歌："黑龙江上，长白山头，江山如锦绣。战鼓惊天，烽烟匝地，沦落我神州！……"

不久，祖光又写了《风雪夜归人》。这一剧作标志祖光写作的成熟。《风雪夜归人》当时在重庆上演，轰动山城。讵知上演半个月，便被国民党检查机关禁止上演，社会抗议，舆论哗然。记得周恩来不止一次到戏院看演出，还和祖光亲切谈话，提出一些修改剧本的意见。

此后，祖光连续写了《正气歌》《牛郎织女》《少年游》等剧本，都受到观众热烈欢迎和戏剧界的好评。抗日战争胜利后，国民党倒行逆施，祖光拍案而起，写下《嫦娥奔月》《捉鬼传》等讽刺性剧本。

然而，这样一位正直的剧作家，解放后却陷入了厄运。一九五七年，中央发出"帮助党整风"的号召，要大家"知无不言，言无不尽"。还说"言者无罪，闻者足戒"。祖光相信这些话。在一再敦促邀请下，出席文联的一个座谈会。在那次会上，祖光的发言被人加了一个《党"趁早别领导艺术工作"》的标题在报上发表，成了吴祖光"反党"的罪证，被打成"右派""反革命分子"，在批斗之后，发配北大荒劳动改造。"文革"中，又以"二流堂"的罪名，再一次下放劳改，一去三年。

虽然屡遭打击磨难，敢讲意见这一点，祖光始终不改，成为闻名的仗义执言者。举一个例。祖光因批评某商场仗势某权要对顾客搜身，被告上法庭。奇怪的是，开庭之日原告不敢到庭，成为京中一桩笑谈。祖光在法庭上慷慨陈词，受到旁听者和记者们的赞扬。

祖光历经坎坷，生活上、精神上最忠实的支持者，是妻子凤霞。

凤霞出身贫苦，六岁开始学艺，十二岁跑码头走江湖卖艺，流浪受苦。解放以后认识祖光，是老舍介绍的。对自己的终身大事，凤霞向老舍谈了心里话："一定要选一个在艺术上能帮助我、文化和知识上能教导我的人。岁数大些也行，因为我太幼稚了。"因为从老舍那里全面了解了祖光,凤霞主动向祖光提出:"我跟你结婚你愿意吗?"然而此事却遇到了阻力,有人反对。老舍支持凤霞,让她做生活中的刘巧儿,老舍对祖光说:"我是投了你第一票,我是大媒。"

可是,祖光好讲话敢讲话,一直让凤霞担惊受怕。永玉说:"凤霞和祖光是完全不同的两种性格的人,凑在一起却是十分协调,吴在前台,她在后台,吴在外头闯祸,她在家里承担。这一对夫妻可真算得是'钢铁般的恩爱夫妻'。"祖光被打成"右派",有一位副部长劝她离婚,凤霞说:"你们认为祖光是坏人,我认为他是好人。我既然嫁给他,薛平贵从军,一去十八载,那么我等他二十八年。"

因为不愿意离婚,她在评剧院备受歧视,她仍在北京或出外演戏,但是限制她不能演党员,不能演英雄人物;报上不作宣传。别的演员休息,她要去刷马桶,挖防空洞,挖了七年。一九七五年冬天,终于因高血压瘫痪,从此告别舞台。一九九八年四月,凤霞随祖光回家乡常州参加一项活动,突发脑溢血逝世,接着祖光也中风病倒。祖光向来谈笑风生,凤霞走后,一变为沉默寡言。我每次见到,非常难过,欲哭无泪。

凤霞在世,我去看他们,有时留我吃饭,凤霞总亲手做个酸辣汤。她说在天桥卖艺,一天要赶好几场,有时不卸装,匆匆上饭铺吃碗米饭,要个酸辣汤。如今,我再也吃不到凤霞的酸辣汤了。

凤霞说："不能演戏我就写文章。"她没有学过多少文化，边学边写。有的字问祖光或者查字典，一本字典一直放在书桌上。写自己的一生，凤霞是含着眼泪说故事。祖光说凤霞的记忆力特别强，"脑子像个电话簿"。艾青说凤霞"具有女性的温柔而细腻的观察力，深刻理解人，感情真挚，写来富有人情味"。叶圣陶读了凤霞的文章说："新凤霞为什么能写得这样好，她是祖光夫人，得到老舍的鼓励，得到许多朋友的支持，这些当然都是条件。但是有了这些好条件准能写出好东西来，怕也未必。主要的还在她的生活经历丰富，小时候受苦深，学艺不容易，解放后在政治上翻了身，却又遭遇到不少波折……她写的东西不就是这些吗？她写老一辈艺人的苦难，旧班子旧剧场的黑幕；她写新时代剧场的改革，演员的新生；她写十年的浩劫，许多朋友遭到了厄运。要不是亲身经历过来，她也没有什么可写的了。""是否可以这样说，新凤霞在舞台上取得成功，就是因为她从小养成了观察和揣摩的习惯。观察和揣摩本来是生活中的需要，做事的需要，同时也是写东西的先决条件，而在她已成了习惯，难怪她写得这样好，让人读着就像看她演戏一样受她的吸引。"叶老对凤霞的文章的评论，说得真好，十分准确，凤霞通过写作成为中国作家协会会员。

一九八五年，我请凤霞把她的文章编集出版，这就是三联书店的那本《我当小演员的时候》,她的第一本书。原来设想编印三集,可是直到我退休也未能完成,耿耿于怀。一九九七年,河北人民出版社出版四卷本一百多万字的《新凤霞回忆文丛》,真叫人高兴,凤霞留下的这部文集,我愿郑重推荐给世人一读。

凤霞曾师从白石老人学画。一九八一年画了一幅水墨画老倭瓜赠送我,祖光在上面题词:"苦乐本相通,生涯似梦中。秋光无限好,瓜是老来红。"这幅画一直挂在我的床前,每天醒来一眼就看到——我又见到祖光和凤霞,我的两位挚友!

《天蓝的生活》的归来
—— 怀念罗荪先生

记不清哪一年我收到一本寄来的书，高尔基著、丽尼翻译的《天蓝的生活》。还有一封信。写信人是孔罗荪的儿子孔瑞。信里说：

> 家父已于去年十月移居上海，由家姐照顾。我在整理图书（已陆续捐赠现代文学图书馆），发现一本您的旧书。由于家父生病多年没能碰过自己的藏书，未能及时奉还，很是抱歉。

我完全想不起这本书何时借给罗荪的，总有几十年了。书确实是我的，在书的封面有好几个我的签名、图章，可见我是多么珍爱这本书，虽然只有薄薄的一百页。

《天蓝的生活》是巴金主编的"文化生活丛刊"第十种，民国二十五年出版。我是一九三七年在汉口生活书店买到的。那时我逃难到汉口，寄居在亲戚家，没有钱，只能买本定价二角五分的《天蓝的生活》。

一九三八年我在汉口读书生活出版社当练习生，见到罗荪先生。他在编全国文艺界抗敌协会的刊物《抗战文艺》三日刊。这本刊物由读书生活出版社出版，罗荪隔天来出版社一次，送《抗战文艺》的稿子。

罗荪给我的印象是衣着十分讲究，头发梳得整整齐齐。他是东北人，说一口国语（即普通话）。

那时许多作家都来读书生活出版社：舒群、周立波、叶以群、白朗、罗烽，等等，还有日本友人鹿地亘、池田幸子。非常热闹。

罗荪发稿，总有一本画好的版样，标明文章是通栏还是两栏、三栏，标题占几栏。于是我也学会了画版样。

一九四〇年到重庆读书生活出版社出版《文学月报》，有个编委会，但编刊物发稿就罗荪一人。一九七八年我编《生活·读书·新知三联书店成立三十周年纪念集》，向罗荪征稿。他写了《关于〈文学月报〉创刊的二三事》一文。文中说：

> 《文学月报》的出版和发行，和当时的进步报刊一样，受到国民党反动派的限制和压迫。她出版后，只是在第一年是按期出版的，之后就不对了，不能如期出版了。那时，除了国民党的图书杂志审查委员会对稿件的种种刁难外，还由于印刷厂全被反动派控制起来，采取种种办法使刊物

脱期，经常是一两个月地脱下来。一九四一年后，日益加紧了对进步文化事业的摧残和压迫，方法是多种多样的，有的采取大量扣发稿件，有的在你出版后，无法发行到重庆以外的地区去，还有的就是以卑劣手段吊销出版执照，它规定一种刊物脱期半年以上就要吊销执照，而在他们控制着印刷厂的情况下，经常可以使刊物长期脱下去的。《文学月报》就是这样被迫停刊的。

由此可见，当时罗荪是在怎样困难的条件下，坚守文艺阵地，与国民党反动派做斗争的。

罗荪在邮局工作。运送邮件的汽车可以附搭一二人，有同志因国民党追捕需要紧急离渝，我们通过罗荪弄到票子使这些同志得以出走。

一九四九年上海解放前夕，为免再次被国民党特务逮捕，组织上让我到南京寻求罗荪帮助。罗荪留我在邮局住下。

我在阅读文学书籍方面，得到罗荪的指导。他给我书看。至今我还保存他的那本书：一九三五年鲁迅主编的《译文》合订本和一九三四年莫斯科出版的《国际文学》中文版，十分珍贵。

关于《莎士比亚画册》

在外国，莎士比亚戏剧有多种插图。在中国，我最早见到的莎士比亚戏剧插图，是中华书局出版、田汉翻译的《罗蜜欧与朱丽叶》，是抗战期间在桂林买到的。田汉翻译的《哈姆雷特》，亦由中华书局出版，想来也有插图。

山东画报出版社出版的这本《莎士比亚画册》，是依据一本玻璃版的印样翻印的。说起这本印样，要追溯到"文革"期间。那时，我作为"走资派"，每日在出版社大楼打扫卫生。一天，在垃圾堆看见一批废弃的玻璃图版，还有一份图版的打样。我看出是莎士比亚戏剧插图。既然是"垃圾"，人弃我取，就捡回贴在一本笔记本上藏起。

后来，我从郑效洵（人民文学出版社副总编辑，原先读书生活出版社同事）了解到，这批插图来自葛一虹先生收藏的一本英国的画集。

"文革"总算"闭幕"，我可以带着这批插图去看望葛一虹先生了。葛先生看到插图，十分激动，详细告诉我它们的来历，让我留下它们，他在每页空白处主要依据朱生豪的译文写上说明。

过了十来年,山东画报出版社汪家明先生在舍下看到这剪贴的插图,爱不释手,带回济南,现在终于印了出来,奉献给读者。

以上所述,就是这本《莎士比亚画册》的来历。

河北教育出版社曾于一九九八年,以豪华本形式出版《莎士比亚画廊》,其所用母本,亦借自葛一虹先生。《莎士比亚画廊》一巨册,制版、印刷、用纸、装帧都十分考究,每部定价近两千元,非一般读者所能问津。山东画报出版社以普及本形式出版这本《莎士比亚画册》,使读者可以按自己的兴趣与购买力选购。如此,山东画报出版社出版此书,也可说是善举。

下面摘录葛一虹先生为《莎士比亚画廊》写的后记中有关英国画家创作莎士比亚戏剧插图的介绍,供读者参考。

威廉·莎士比亚(1564—1616)是英国文艺复兴时期伟大的戏剧家和诗人,一生创造了无数人物,写出了社会各阶层许多复杂的事情。十九世纪英国著名画家,皇家科学院的艺术家莱斯利(C.R. Leslie)、麦克列斯(D. Maclise)和科普(C.W. Cope)等从他的剧本和诗作中汲取题材,据以绘成图画,而由罗斯(C. Rolls)和夏普(C.W. Sharpe)等能工巧匠精雕细刻制成的一幅幅精美的版画。

《画廊》除了莎士比亚的肖像、塑像、环球剧场和一首十四行诗各一幅外,都是莎翁笔下栩栩如生的人物形象。他们的衣着佩戴表现出各自的身份,他们或喜或悲的神情也透露了出来,当与浮云、树木、城堡和宫殿等场景交织在一起时更营造了一种特定环境的浓郁气氛。

名剧《哈姆莱特》戏中戏的那一幅,王宫里聚有男女老小三四十人凝神观看小戏台上的演出,各人有各不同表情,哈姆莱特的沉思,丹麦国王克劳狄斯的恼怒跃然可见,也似可感触的一般。再如《第十二夜》一剧中奥丽维娅掀开面纱瞬间,一个端庄面带少女含羞的可爱形象便出现了。这之外,还有奥瑟罗、李尔王、夏洛克、朱丽叶等等,真是美不胜收,百看不倦……

本书中说明文字,系用葛一虹先生当年写在我的剪贴本上的手稿制版,与绘画相得益彰。

我盼望我们出版的中外文学名著,都能附有精美的插图,在这方面我们也要不落后于外国。美术工作者、出版工作者我们共同努力吧。

二〇〇一年元旦

《买书琐记》前言

我爱跑书店，不爱上图书馆。在图书馆想看一本书太费事，先要查卡片，然后填借书单，等待馆员找出书。

上书店，架上桌上的书，一览无余，听凭翻阅。看上的，而口袋里又有钱，就买下。

生平所到的城市，有的有书店街，如重庆武库街，桂林太平路，上海福州路，都是我流连忘返的地方。旧书店更具有吸引力，因为有时在那里会有意外的惊喜，如重庆米亭子、桂林中北路、上海卡德路、河南路。我在旧书店买到鲁迅先生印造的几种书：《海上述林》《引玉集》《梅斐尔德木刻士敏土之图》《铁流》《毁灭》，都是可遇不可求。这几种书印数都很少，《士敏土之图》只印了二百五十本，《引玉集》三百五十本，《海上述林》五百部。还在旧书店买到曹禺签名赠送郑振铎的精装本《日出》，夏衍赠送叶灵凤的一九二七年创造社出版的《木犀》，上面有夏公题词："游镇江、扬州得此书于故书铺中，以赠此书之装帧者霜崖（叶灵凤）老弟。"还买到过田间签名赠送艾思奇的诗集《中国·农村的故事》。如今都成为我的珍本藏书。

跑书店的另一乐趣是跟书店老板、店员交朋友。还在当小学生时，我跟镇江的一家书店店员交上朋友，时隔五十多年，他还记得我，从台湾带上家人到北京看望我这个小友。我写了一篇《买书结缘》讲这件事，现在也印在本书中。

由于有此癖好，我对别人记述逛书店买书的文章也有兴趣阅读，现在我把它们汇编为《买书琐记》，以贡献于同好。

《爱看书的广告》编者的话

我爱书，爱看书的广告。

我看书的广告，最早是在二十世纪三十年代。那时父亲病故，家境困难，买不起书，只能到书店站着看不花钱的书，看报纸杂志上的书的广告。

印象最深的，是商务印书馆的"每日新书"广告，印在《申报》《新闻报》头版报名之下，豆腐干大小的一块。我不大看商务印书馆的书，而是看几家进步出版社：生活书店、读书生活出版社、新知书店（现三联书店前身）出版的书刊，看它们的广告。这三家出版社的广告，设计新颖，书名用美术字，有的还配图。生活书店出版的《文学》《光明》《世界知识》等杂志，底封和底封里都刊登新书广告。

开明书店的广告，文字编排有特点，不留一字空白，我曾刻意模仿。

有的出版社还编印宣传推广的小刊物赠送读者，如生活书店的《读书与出版》，开明书店的《开明》，人民日报出版社的《书讯》（彩色版）。我在三联书店编印过名为《书的消息》《三联信息》的宣传刊物。

十六岁那年到汉口，我有幸进了读书生活出版社当练习生，出于爱好，自己学习设计广告。后来，出版社的广告就交给了我，让我包办了。二十世纪八十年代，三联书店出版《读书》杂志，底封和底封里有两面广告，我又有了设计广告的机会。一干几十年，直到离开三联书店。

旧中国几家著名的出版社，叶圣陶主持的开明书店、赵家璧主持的良友图书公司、巴金主持的文化生活出版社都很重视广告。鲁迅先生也很重视书的广告，写过不少广告文字。此外，茅盾、施蛰存、胡风、陆蠡等先生，都写书的广告文字。

为了学习前辈怎样做广告，我留意搜集以上诸家撰写的广告文字。用短短的百来字介绍一本书，是很要用心的。出版社的编辑应当学会写广告文字，这是编辑的基本功之一。广告文字要简练，实事求是，不吹嘘，不讲空话废话。

现在我把搜集积存的广告文字和广告式样，以及谈书籍广告的文章，汇编成这本小书，奉献给做编辑工作的同志参考。作家李辉和我有同好，听说我在编书，把他所搜藏的广告文字贡献出来，使本书更加充实，这是不能不提到的。

让我们都来做好书刊的宣传。

《叶雨书衣》自序

我每拿到一本新书，先欣赏封面。看设计新颖的封面，是一种享受；我称之为"第一享受"。

一九三八年在汉口，我到读书生活出版社当练习生，知道了书的封面是怎样产生的。社里派我到胡考先生那里取封面稿，有的封面是当着我的面赶画出来的。我看了挺感兴趣。

于是我也学着画封面。并非任务，下了班一个人找乐偷着画。一次，出版社黄（洛峰）经理看到了，称赞了几句，我非常开心。以后，有的封面居然叫我设计了。当然，我的作品很幼稚，如小儿学步。

记得我设计的第一个封面是《抗战小学教育》（一九三八年）。当时读书生活出版社出版周立波的一本书，其中照片插图的说明文字是周先生让我写的，他说，手写的比排的字好看。看到自己的字印在书上，我高兴极了。在汉口，读书生活出版社的斜对面，是开明书店，丰子恺先生就住在开明书店的楼上。我设计封面，请丰子恺先生指教，还请写过封面字。抗战胜利后，李公朴先生交给我一部书稿，《社会大学》，叫我编辑排印并设计封面。为此，我给他写过好几封信。书还未出版，就传来李先生在昆明被国民党特务暗杀的消息。

一九四八年我设计《巴黎圣母院》，封面字是请黄炎培先生写的；《有产者》（高尔斯华绥）的封面字，是我从碑帖里集来的。《巴黎圣母院》的四十三幅插图，是我请当时国民政府驻法国大使馆的朋友买的一本画册的复制品。后来这本画册被译者陈敬容拿去了。

我是一九四九年到北平来的。五月上海解放，八月就调我到北平。一九五一年成立人民出版社，三联书店并入人民出版社，保留店名，有一个编辑部。我提出分管三联书店编辑部。我还分管人民出版社的美术组，他们设计了封面，让我审批，有时不满意，反复几次，书等着印，于是我就自己动手设计。可是我自己设计的封面，不能自己审批开发稿单，就请美术组的同志署名，或署两个人的名字。因为是业余做的，后来我就署名"叶雨"。"叶雨"，业余爱好也。

我设计封面从来没拿过稿费，只有一次，为新知书店设计一套夏康农先生主编的书，书店送我一支大号金星钢笔，俗称"大老黑"，很珍贵，是那时中国生产的最好的钢笔。

设计封面，是做自己觉得很愉快的事情，其实并不轻松。设计一个封面，得琢磨好几天，还要找书稿来看。不看书稿，是设计不好封面的。举一个例：有人设计黄裳《银鱼集》的封面，画了六七条活生生的鱼。他不知道这"银鱼"是书蛀虫，即蠹虫、脉望，结果闹了笑话。

我习惯用手工方式制作封面，不用电脑。有的封面用电脑制作，也蛮神气，如科技书、旅游风景书、少儿读物等。学术著作、文学作品，要有书卷气，还是手工制作比较相宜。三联书店出版的"文化生活译丛"，原来的封面用专色，清秀雅致，后来有一段时间改为四色彩印，颜色复杂含糊。不妨比较一下，是简洁的专色好还是复杂的彩印好？当然，这只是一种简单的比较。

一九九一年，我在《世界文学》双月刊里读到一篇文章，讲到外国出版的文学书籍的封面："严肃文学作品装潢精致，精装本的护封大都取冷色调，十分庄重。通俗文学作品则开本矮小，封皮色彩鲜艳，纸张也比较粗糙。"我赞同这个观点。封面是华丽绚烂好还是朴素淡雅好，得看什么书。文化和学术图书，一般用两色，最多三色为宜，多了，五颜六色，会给人闹哄哄浮躁之感。前些年，装帧界曾讨论过这个问题，提出封面该做"减法"了。有一位先生甚至说，很多书，内容很好，就是因为封面太花哨，我不买。

此外，书籍要整体设计，不仅封面，包括护封、扉页、书脊、底封乃至版式、标题、尾花，都要通盘考虑，这里就不多说了。

一九九八年，《北京青年报》登过一篇晓岚的《减法的艺术》,提到我对于书籍装帧的一些看法;二〇〇二年四月,山东画报出版社出版的汪家明《2001·国外书籍封面226帧》小引,也涉及于此。我把它们附录于本书,供读者参阅。

印在这本书里的,是我设计的一部分封面、扉页和版式。敝帚自珍,诚恳希望得到方家和读者的指教。

本书的说明文字由汪家明同志记录编写,谨此致谢。

二〇〇二年四月　北京方庄芳古园

谈文学书籍装帧和插图

作为一个出版工作者，总觉得对作家有点抱歉，我们的书印得不够好，特别是文学作品。我认为文学作品应该印得比一般的书要好一点。

我看到很多外国的书，文学作品，小说、戏剧、诗，在出版方面给予很高的待遇，最好的纸张、最好的装帧，而且把它与那些大量印的书区别对待，使人一拿到手就知道：啊！这是文学作品。我们呢？我干了多少年出版工作，就没有印出几本像样的书。只有一本自己比较满意的：巴金先生的《随想录》精装本。

我买了很多文学书，总觉得我们出版社应该多想一想，能不能使文学作品用好一点的纸张，装帧设计好一点？

外国文学作品，外表很朴素。董鼎山有一篇文章说：作品好坏，不靠封面，不靠颜色多。我还在《世界文学》上看到一篇翻译文章，说外国文学作品的封面不能超过两种颜色，多了就不好。有的颜色，红颜色、黄颜色，文学作品不用这两种颜色，用冷颜色。每个国家情况不一样，我们不必照搬。

这就使我想起巴金先生的文化生活出版社，他印的书，"译文丛刊"，《死魂灵》的封面就只有黑颜色三个字。"文学丛刊"，曹禺的《雷雨》《日出》，封面简简单单，除了书名、作者名，没有更多的东西。一直到现在，也还觉得非常好。台湾《联合报》副刊主编痖弦十几年前春节给我寄来的贺年片上写有一句话："直到现在我还觉得三十年代文化生活出版社出的'文学丛刊''文学生活丛刊'是最美的。"

当然，我们的封面也不能搞得太简朴，因为中国的读者习惯热闹一点，我们要照顾读者的需要，照顾发行工作，封面还是要设计得好一点。

英国、法国、德国出版的文学作品的封面，很少形象，小说没有把形象印在封面上的。我们出版的《安娜·卡列尼娜》，封面上印了两个妇女的形象，看上去像电影招贴。外国文学书的封面比较朴素，不像儿童读物、实用书那样，可以加一个包封，印得热闹一点，设计得很吸引人，还印上内容介绍、作者的像。卞之琳先生跟我说过，作者不好意思把印有自己照片的书送人，如果印上了，我就不好送人，要撕掉，印在包封上，可以把它拿掉。作者不在世了，作者照片当然可以印在书上。

总之，文学作品的封面，基本上要朴素一点。为了市场需要制造的那些所谓文学作品，是另一码事，封面花里胡哨，反正藏书家是不要的，看过就扔掉了。但是真正的文学作品，是要摆在书架上书房里的。

再一点，我希望文学作品考虑插图的问题。人民文学出版社、中国青年出版社是重视插图的，它们出版的《青春之歌》《红岩》，插图是版画。苏联出版的文学作品几乎都有插图，很精致的插图，我看到很多，如《战争与和平》《安娜·卡列尼娜》《静静的顿河》《毁灭》。法国出版的雨果的《巴黎圣母院》就有几十幅很精致的蚀刻画插图。大家知道，鲁迅先生曾经将果戈理《死魂灵》一百多幅插图引进中国出版，不遗余力。

我们有些书也有插图，比如鲁迅的作品、茅盾的作品、老舍的作品。我们也有很出色的画家画的刻的插图非常之好。孙犁先生有一本《铁木前传》，插图非常好，可惜现在不见了。为什么文学作品插图少？大概作家认为，你能给我出书已经很不容易，我不好更多要求你，要插图会耽误出书时间，要增加成本。但我们出版社，应当主动考虑这个问题。有时初版来不及，再版的时候，特别是已经得到好评的作品，能够站住的作品，是不是可以考虑插图？

怎样组织美术家画插图？外国有专门画插图的美术家，中国好像还没有。出版社要主动做这件工作，组织美术家，把小说送给他们看，给他报酬，我想他是会同意画的。我们出版工作者要为作家服务得更好一些，对文学作品插图多下一点功夫。

书话集装帧
——致秀州书局

顷接第九十四期《秀州书局简讯》,感谢舒罕先生讲了我想讲而未讲的话(见后)。想讲,我亦有同感。没有讲,这话由别人讲比我讲更合适。现在,愿道其详。

当年三联书店出版书话集,在装帧上是用了一点心的。书话集总得有书卷气,这十来本书话集,避免用一个面孔,连丛书的名称都不用,只是从内封面可以看出是一套书。

《西谛书话》,郑振铎先生不在了,封面请叶圣陶先生题写书名。叶老对我的请求从不拒绝。这一本和唐弢的《晦庵书话》的封面,请钱君匋先生设计,使这套书有个好的开头,这也遂了愿。至于内封面,则采用同一格式,印作者的原稿手迹。这也费了一点力,叶灵凤《读书随笔》,从香港找来一张《香港书录》目次原稿。《西谛书话》找到一张郑振铎先生《漫步书林》目录手稿。其他黄裳、谢国桢、杨宪益、陈原、曹聚仁、冯亦代、杜渐、赵家璧书话集,都承作者本人题签,或由家属提供。

《读书随笔》封面,选用叶灵凤先生最喜爱的比亚兹莱插图,有西书的味道。黄裳《榆下说书》则用了两幅中国古典小

钱君匋、李玉坤设计的《西谛书话》的封面

《读书随笔》(三册),封面为范用设计

说木刻插图做封面。

郁达夫书话集《卖文买书》的书名,未能从遗墨集到这四个字,也没有请人题写,排的铅字。这一本的封面最不理想,在这套书话集里显得很不协调。其时我已经不在位,未能尽力。

《银鱼集》的封面闹了笑话。黄裳先生把蛀食书页的蠹鱼赐以"银鱼"美称,结果弄得此鱼落水,出现在封面上的是七八条在水中畅游的鱼儿。出版社美编设计封面往往仅凭一纸通知,不看书稿。没有对美编交代清楚,我有责任。

现在三联把《晦庵书话》等书编为"书话丛书"重印,废弃原来的封面,改着"制服",整齐划一,书名用电脑的字,不免呆板、俗气。

三联这样做,自有他们的考虑,倒真有一点失落感。

《傅雷家书》出新版,封面也换了。原来是特地请傅雷先生知友庞薰琹先生设计的,废而不再用,听说傅敏对此有意见,不知如何善后。

叶圣陶、钱君匋、庞薰琹先生都已作古,三联再也不可能请到这几位前辈、名家了。他们的遗墨遗作,不也是出版社的可贵资产(有形或无形)?轻易废弃,未免可惜。

把出版的书归堆编为丛书出版,无可非议,我有一建议,是否在出版丛书的同时,保留原来本版封面有特色的,重印一些,"一国两制",供读者选购。前几年我在南京三联书店门市部遇见一位读者,他告诉我想买齐三联出版的这套书话集,未能如愿,颇以为憾。

不久以前,人民文学出版社选印了一批五四文学作品,封面仍旧,读者可以见到原来面目,在此以前,有出版社重印鲁迅著作,也取这种做法,都很好,受到爱书人的欢迎。

一九九九年五月十六日

[附]浙江嘉兴《秀州书局简讯》第九十四期:"舒罕先生四月二十二日从重庆来信说:'近日出版书籍,似乎封面不够重视。纸张、印刷效果上去了,但意境却不够了,甚至连三联老店也如此,新版《西谛书话》(郑振铎)、《晦庵书话》(唐弢)封面均不及初版,记得原来是钱君匋设计的。而现在的不说差,至少少了典雅之气质。'"

关于书籍设计的通信

成春同志：

四人展很成功，使我大开眼界。丁聪说：就是跟过去大不一样，我们中国，善于吸收外来的东西，看汉唐就知道，这是中国的长处。我希望不要忽视民族特点，推陈出新。你们四位如果可以称为一个学派，是否可以说，这一学派源于东洋。我看过西方如德、法的一些书装，其特点是沉着、简练（无论是用色还是线条），似乎跟中国相近。总之，希望大家都来探索，在实践中更上一层楼。

在三联（书店）展览这么几天，为期太短，很多人都不知道。如果在三联门市（韬奋图书中心）开业之时展出，会有更多的人、爱书的人来参观。去不去上海展出？上海有一支不小的装帧队伍，可以同他们交流经验。

建议与张守义同志商量，由版协装帧艺委会出面，每年编印一本《中国书籍插图装帧年鉴》，全国出版社赞助，应当容易办到。开会交流经验，散会了事，不及印出一本图册，效果大得多。

《四人说》内容编排、印装都很有特色,只是翻起来比较费劲。

看来,你们跟纸老板关系甚好,所以得到他们赞助。洋纸较贵,影响它的销路,恐怕一时也难以解决。少数精品可以用洋纸,一般书籍尚就所宜。书卖得太贵,不是好事。

范用

一九九六年九月五日

注:成春同志,即宁成春,书籍设计师,原三联书店美编室主任;张守义,书籍设计师,曾任人民文学出版社美编室主任,中国版协书籍装帧工作委员会主任。

《水》之歌

七十年前,苏州城内九如巷张家十姐弟元和、允和、兆和、充和、宗和、寅和、定和、宇和、寰和、宁和办了个叫《水》的家庭小刊物。前面四个是女儿,名字都带"两条腿",会嫁人走掉;后面六个是男儿,名字有"宝盖头",都留在家里。

刊物名叫《水》,因为他们喜欢水的德性,正如张家三女婿沈从文说的:

> 水的德性兼容并包,从不排斥拒绝不同方式侵入生命的任何离奇不经事物,却也不受它的影响。水的性格似乎特别脆弱,极容易就范。其实,柔弱中有强韧,如集中一点,即涓涓细流,滴水穿石,无坚不摧。

《水》每月一期,出了二十五期。七十年后,张允和建议继续办下去。今年二月十七日,复刊号问世。

机不可失。我立即打电话给沈从文夫人张兆和,求她赐赠一份,或者借给我看一看也行。张先生欣然慨允。

复刊号《水》,约两万字,共二十面,全部由原件复印。刊前有主编兼发行人张允和的一封信——第一号信,建议复刊的征稿信。信里说:

> 多少年来我有一个心愿,想写我们的爸爸张吉友。叶圣陶先生几次催我写,寰和五弟也要我写。我想,不但要写爸爸的事,还要写我们一家人的真人真事。这是一个宏大的工程,不是我一个人的力量可以完成的,我要发动张吉友一家人,就是我们爸爸的十位子女和他们的配偶来完成,也要他们的子女共同努力来完成。
>
> 首先,大家都来写我爸爸的回忆录。其次,写自己,写配偶,写子女,甚而至于孙子、重孙子都可以。最后,写在我们家的外人,如教书先生、保姆、门房、厨子等。
>
> 我自幼在家塾念古书,最佩服古人司马迁。我想用司马迁的体裁,写一篇叫《保姆列传》。

信的后面,附印了她写的三篇样品:写自己的《本来没有我》,写爸爸的《看不见的背影》,写四妹充和的《王觉悟闹学》。

复刊号的目录如下:

复刊词	从文、允和
启蒙教育家张冀牖	余心政
一封电报和最后的眼泪	张允和
《从文家书》后记	张兆和
张宗和日记摘录	

附录

  张蔼青手书

  张冀牖诗词、寿周企言手书

  张冀牖词 送周有光远行

  韦均一山水画 送有光、允和赴美

  张充和词《望江南》

集诗书画，琳琅满目，读手书，如闻墨香，如见其人。

收到《水》，我给允和先生写了封信，说《水》的复刊，乃"本世纪一大奇迹，可喜可贺！"附去十五元作为一二两期的定费（其实只是复印费），请接受我做它的"长期订户"。

隔了两天，允和先生来信，搬出家规：

  我们的《水》只接受十家姐弟的捐款；我们的《水》学我们爸爸张冀牖办乐益女中不收捐款的作风；我们的《水》只能是赠送知己朋友的小小刊物。因此，您寄来十五元,原璧归还。否则,我将受姐弟们的谴责!

"本世纪一大奇迹",您太夸奖了,我们受之有愧。

十姐弟至今健在的还有八位,年龄七十到九十,八位老人尚有豪兴继续办家庭刊物,岂非奇迹!不为名,不为利,起码得给个"老有所为"奖。

小时候,我同五位堂兄弟也办过一份手抄的家庭刊物,至今还记得是用一种银墨印的原稿纸抄写的。六个人还各自取一笔名,想当作家过把瘾。一晃也快六十年了,几位堂兄,或亡故,或离散,不能像张家,还能圆复刊梦。

我不知道现有多少家庭刊物。家庭刊物,这里大概不会有壮言宏论,不过是谈家常,叙家史,甚至油盐柴米,鸡毛蒜皮。然而,感情却是真挚的,涓涓细流,点点清水,不是假大空。从一篇《保姆列传》,或许可以见到人性之善,人情之美。退休养老,打麻将打保龄球,养花养鸟,爱好不同,悉听尊便。可有张家那样办家庭刊物,既自娱延年益寿,又教育子孙陶冶情操,诗书传家久的?

一九九六年七月

"大雁"之歌

七年前,一九八九年,卞之琳先生赠我一册新版《十年诗草 1930—1939》。旧版是明日社出版的,那是一九四二年在桂林,陈占元先生办明日社,就两个人,他和妹妹,陈先生翻译、编辑,妹妹跑出版、发行。用土纸印了一批文学著作,除了《十年诗草》,还有冯至《十四行集》、梁宗岱《屈原》、罗曼·罗兰《悲多汶传》(陈占元译)和《歌德与悲多汶》(梁宗岱译)、纪德《新的粮食》(卞之琳译)和《妇人学校》(陈占元译)、里尔克《交错集》(梁宗岱译)、狄瑞披里《夜航》(陈占元译)。一九四三年,湘桂大撤退。别的可以不要,心爱的书不能丢,我把这几本书带到重庆,以后到上海,最后落户北京,如今伴我安度晚年。感谢陈先生,在战争年代艰苦的条件下,印了这些好书。

一九七八年,卞先生在旧版《十年诗草》上为我题了这样一句话:

> 承保存旧时拙著,十分感愧,改正原来排错的几个字,

以此留念。

这本作者亲笔题签改正的诗集,成了寒舍的珍藏。

一九九〇年新版《十年诗草》,出版者为台湾大雁书店,《大雁经典大系》之一。另外三本是冯至《十四行集》、何其芳《画梦录》、辛笛《手掌集》;我也都藏有旧版。

这家出版社的广告文字不同于一般:

大雁书目(给爱书、懂书、读书、写书、藏书的人)。
四十年代文学菁华:卞之琳宏伟,冯至浑厚,何其芳瑰丽,辛笛清新,为现代文学之典范。

再看印在书前的大雁书店《〈大雁经典大系〉出版缘由》:

现代文学因为语言文字及社会思想种种突变使新文学在中国文学发展史中,俨然自成一个新体系,但令人惋惜的是,政局的动荡变迁,意识形态壁垒分明,使得台湾茁长而日趋丰厚的现代传统有自成台湾的趋势。

我们正视上述的疏离空间与断层危机,并且强调台湾现代文学的发展,与早期大陆现代文学的关联为一整体现象。我们不愿意台湾现代文学的辉煌楼阁奠基在历史分期的浮沙，我们愿意做砌石搬土的工作，出版这套经典丛书，填补文学的断层空间，我们强调现代文学早期三四十年代作家的作品，因为我们相信，他们是文学的普洛米修斯，为我们播下火种……

大风起兮，北雁南飞，无论此岸彼岸，对大雁而言，来处是家乡，去处亦是家乡。

支持我们，让我们成"人"字的雁群。

这种真诚的态度、美好的愿望，我不能不感动。说来惭愧，我也做过出版，在出版每一本书的时候是否都认真想过，可曾如此恳切向读者交心？

下面，我要讲初见新版《十年诗草》的惊讶。它的封面竟是老熟人！我从书架上找出卞先生的另一本诗集，一九四〇年香港明日社出版的《慰劳信集》。那是皖南事变后，一九四一年冬，我从重庆经桂林到广州湾赤坎（今之广东湛江市，那时处于法国统治之下），准备由那里渡海去香港，买好十二月十日船票，要等两天。我到书店看书，买到这本薄薄的诗集。不料八日日本进攻香港，去不成了。旅费却用光了，我忍着饥饿步行三天折返玉林，再到桂林。

《慰劳信集》一共收了作者的二十首诗，其中一首的标题是《给〈论持久战〉的著者》，即给毛泽东。卞先生到过延安，我怕路上检查遇到麻烦,把印有"卞之琳著"的封皮撕掉。

一九四九年,这本诗集跟随我到北京,不能再让它光着身子,找了两张纸,给它装了个封面,还写了个书签贴上。

奇怪的是,我这本手制的《慰劳信集》封面,跟新版《十年诗草》封面,竟然一模一样,就像孪生兄弟,都是用两张纸裱糊的,其中一张也都是蓝色的,书签也都是贴上去的。不同的是,《十年诗草》书签是直行,《慰劳信集》书签为横式。朋友们见了,也都说不可思议。不可能是谁抄袭谁,只能说是巧合。

不久,我从台湾弄来《大雁经典大系》的《十四行集》《画梦录》《手掌集》几本。这套丛书的《出版缘由》说:

> 作家在作品中的特性,不但突出他的文学信念,同时亦反映出他的时代位置与精神,唯有整体性的构成组合,才能进一步产生批评的文学观念,所以我们在编选中,配合导读和各种历史资料,让读者对作者与作品能有综合性的全面了解。

这就有卞先生的《〈十年诗草〉重印弁言》、冯先生的《重印〈山水〉前言》。导读则有张曼仪的《一个年轻人在荒街上沉思——试论卞之琳早期新诗》、张错的《山水依然在人间》、刘西渭(李健吾)的《读〈画梦录〉》、唐湜的《手掌集》。附录有余光中、艾青、痖弦、也斯诸家的论评，何其芳答复艾青的信，也附在书里，还有作者小传、作者手迹。这样，几本书就不是简单的翻印。

大雁的编辑未必懂得"编辑学"，他们编的书却大有学问。做编辑、出版的如有兴趣，可以看看大雁的这套丛书。读"编辑学"，不如多看看别人编的书，自己在实践中用心琢磨，必有所得。

后来，我又得到大雁另一套《大雁当代丛书》中简的一本散文集《下午茶》，事情就更清楚，简即大雁书店发行人，书里有她写的《非常小的传》：生于一九六一年，还不到三十岁，台湾大学中文系毕业，一九八八年与作家张错等友人共同筹划大雁书店，自称"出版界的学徒"。学徒一出手就不凡，而她本人，此时已经是六七本散文集的作者。

《下午茶》有篇序：《粗茶淡饭——顺道说说大雁的逸笔》，一篇写得极其潇洒的散文。其中谈到"大雁"：

> 那时，我仍然独自窝在木栅的高地，过一种于今想来十分奢侈放纵的生活。山岸多茫草，春天开得像浪浪的荡妇；秋冬之际又像含怨的新寡。在星月与草木的柔臂里，我逐渐恢复过往的疲倦——尤其是对人事社会的疲倦，纯然安静的独居生活，也使我拥有完整的思路叩问自己的前

途,在创作的过程里是否仍有可能选择另一任务,吐哺。

于是有了"大雁"。

我仍记得那些个夜晚,几个朋友聚在张错客居的化南新村里试替这家出版社命名,其中一个(恕我姑隐其名),在纸上写着"大雁"两个字,几乎在场的人眼睛雪亮。在天空排成人字雁阵,象征了人文精神的复活,也为我们共同创立出版事业的情谊作志。

此后,简说她就像一个"奉命寻找各路英雄的密使",寻找大雁合作者,志同道合而又能实干的伙伴。

第二要找的是吕秀兰——一个名不见经传的女子。然而在书店的书海里,她所设计的封面总是抓住我的眼睛,构图锋利,用色大胆,使我忍不住买下那家出版社的所有书籍,回家陈列在书架上,与其它书籍作一比较。我决定翻天覆地也要把她找出来。

果然,她找到了吕秀兰,几次讨论之后,"彼此共识与情绪几乎到达沸腾"。吕秀兰说:"要做就做别人不敢做的,从纸张,从封面,从整体设计。"

她们两个人想象"大雁"版的脸谱:

"可不可能一本书的封面、纸张,摸起来像婴儿脸上的茸毛?"

"很轻、很软,随便卷起来读,手怎么动书就怎么卷!"

"不要光上得滑滑的,像泥鳅!"

"不要五颜六色的,我希望简单、朴素,有点古书的感觉!"

"让读者对书产生感情,再来读书!"

"要中国自己的味道。"

简被吕秀兰征服了,她写道:

> 我逐渐体会,她把一本书当作活的生命,能呼吸、能言谈的生命,而不是一堆铅字与几根线条而已。面对这样的人,我唯一能做的决定是:"把大雁当作你的,爱怎么玩就怎么玩!"

爱怎么玩就怎么玩,多大的信任,把书籍装帧放到最重要的位置。这样地出书,有简,就有吕秀兰"玩"得出的"大雁"。

大雁用的纸是专门生产的,纸行几乎全力配合,不断地实验、修正,造出心目中想要的纸:鲤纹纸、松华纸、山茶纸、海月纸,"中国的东西,自己的土产"。大雁版,又软又轻,摸上去真有那么一种茸毛的感觉，还看得出纸里一丝丝纤维。在每一本书的末了，还专门用两页印着：

《××××》的印制，必须感谢所有奉献的人，他们是……

后面是作者、主编、美术编辑、校对者的姓名，以及打字、造纸、内文印刷、封面印刷、装订四五个厂店的名字。并且声明：两千册手工裱装封面，宜百年典藏，售罄为止。

我不厌其详地抄录，这样才能把事情说清楚，何况文字又那么生动。

大雁还有一句话，深得我心：

做出版，必须感情用事。

说得何等地好！只有带着感情做，才能做好，才能享受到工作的快乐。

"对大雁而言，来处是家乡，去处亦是家乡。"此岸彼岸，两岸都一样。视中国现代文学为整体，填补断层空间，张扬人文精神。这样的想法，这样的识见，令人起敬。砌石搬土，接棒吐哺的大雁！

《下午茶》里有张简的照片，一个普普通通的年轻人，不是出版家，不是"女强人"，简也不愿做"女强人"，一个爱书人——感情用事的爱书人。

《大雁经典大系》选这几本书，纯粹是主编和出版社的考虑，看书的人未必看作经典，作品最终要由历史评定。我所看重的是，大雁纯正的动机、良好的愿望、认真的态度，尤其是对装帧的重视。当然，他们在选作品方面，也是有眼光的，选的都是三四十年代中国现代文学佳作。

文人办出版社，办严肃的出版社，有个性的出版社，有人说那是书呆子办傻事。我们有过文人办的未名社、创造社、三闲书屋、文化生活社、平明出版社、复社、泥土社、明日社、开明书店、万叶书店、怀正文化社……主持人都是作家，早已成为历史，此地空余悠悠，只有读者尚记得他们。他们出的书，散在人间，有些就被爱书人收藏。如果现在有人还做这个梦，办这样的出版社，就呆气十足，傻得可爱。

两个月前，我写过一篇《〈水〉之歌》，那是为一份家庭刊物而歌。现在我为"大雁"而歌。人生在世，老来尚能纵情放歌，亦一乐也！

"九一八"，不能忘却的日子（一九九六年）

《时代漫画》选印本前言

一九九二年,廖冰兄先生画了一幅范用漫画像赠送我,并题词:"热恋漫画数十年,地覆天翻情不变,范用兄亦漫画之大情人也。"

算来我爱上漫画,总有六七十年了。还是上小学的时候,就爱看报刊上的漫画。最早看到的是丰子恺先生的漫画,知道"漫画"这个词儿。

子恺漫画先是以儿童生活为题材,例如画小朋友用两把大蒲扇做脚踏车轮,给凳子的四条腿穿鞋等。后来转向社会生活,他在《社会相》漫画集的序言中说:"吾画既非装饰,又非赞美,更不可为娱乐,而皆人间之不调和相、不欢迎相,与不可爱相。"这就扩大了读者的视野,从漫画中得到更多的感受,认识社会。

后来又在报刊上看到叶浅予的《王先生》和黄尧的《牛鼻子》,觉得很有趣,牛鼻子的造型更是吸引了我。

三十年代,上海出版了几种漫画刊物:《时代漫画》《上海漫画》《独立漫画》《漫画生活》《漫画界》等,漫画题材与风格越来越多样化。其中最特出的是《时代漫画》，作品具有鲜明的战斗性、批判性。正如《时代漫画》主编鲁少飞所说："有不平我们就要讲话，有丑恶我们要暴露，有战争我们要反对。""漫画是为良心为正义活着的，为公道拿画笔是我们的天命。"

当时，鲁迅先生在《漫谈"漫画"》一文中指出："漫画的第一件紧要事是诚实，要确切的显示了事件或人物的姿态，也就是精神。""因为真实，所以也有力。"

对这一时期漫画的成就，黄苗子尝谓："三十年代在上海的漫画家群，在形式上接受了十九世纪末西方美术风气的影响，并从我国绘画的夸张造型与线条中吸取养料，形成了足以与世界漫画同其光辉的艺术成就。"

为了适应当时的环境，使刊物不至于被国民党扼杀查禁，《时代漫画》不得不刊登一点软性的作品，这是可以理解的。

可以说，三十年代的漫画是新文艺战线上的一个方面军。一九三六年在上海举办的第一届全国漫画展览会是漫画界的一次总检阅，有人认为是"埋下种子"，是"突出反蒋抗日"的。这次展览组织、团结了全国的漫画作者，推动了漫画事业的发展。此外，还有一个成果就是成立了全国漫画家协会。

作为了解和研究中国漫画史的重要资料，一九八九年我曾经筹划重印《时代漫画》，得到漫画界前辈叶浅予、鲁少飞、张乐平、胡考、特伟、张仃、丁聪、华君武、黄苗子、廖冰兄诸先生的赞同,并为此题词作画。只是由于种种原因,当时未能实现。时隔十几年,现在经沈建中兄热心奔走,上海社会科学出版社予以重印,终于遂了这一夙愿,令人高兴。

"我热爱中国"
——《西行漫记》重印本前言

我知道斯诺这一名字，还是个小学生。一九三七年七月，抗战前夕，我在家乡镇江的一家书店买到一本《毛泽东自传》，斯诺著，汪衡译。

时值酷暑。我跑进一家澡堂脱光了衣服，一口气读完这本小册子。由此知道了中国共产党，知道了中国工农红军，知道了两万五千里长征，知道了毛泽东和其他红军将领。

后来我在一篇回忆文章中说："我的心，我的思想越飞越远，书真是个奇妙的东西。"

一九四〇年在重庆我买到上海出版的《西行漫记》和《续西行漫记》（大约花了我半个月的工资），才知道《毛泽东自传》原是《西行漫记》中的一章《一个共产党员的来历》。

著名的老漫画家华君武在他的《我读〈西行漫记〉》一文中写道：

> 我的好友黄嘉音（可惜被错划了右派后来死在青海狱中）某天递给我一本中文版《西行漫记》，读着读着我被

它吸引住了，从感性上了解了中国共产党、中国工农红军和老百姓的关系，原来中国还有这样一块地方——陕北。那是和我所厌恶的国民党统治区和丑恶的十里洋场完全不同的一块净土，那边空气新鲜，人和人是平等的，呼吸是自由的，共产党和红军是一贯主张爱国抗日的。《西行漫记》用大量的事实，给我澄清了国民党对共产党长期的造谣污蔑、反共宣传。

一九三八年上海沦陷，我更加处于一种不甘心当亡国奴，又不愿跟着国民党走的状况中，斯诺的《西行漫记》真可以说是黑暗中的火把。我瞒着家庭亲戚、朋友和同事，由一位女友送我上了轮船，秘密地离开了上海，我从未出过远门，我单身一人经过三个月长途跋涉，途经广州、长沙、汉口、重庆、成都、宝鸡、西安，到达了西北，当时已是隆冬，这都是《西行漫记》给了我力量。

因此我几十年来对斯诺和《西行漫记》始终怀有一种崇敬而又感激的心情。

华君武这番话很能代表我这一代《西行漫记》读者的心态和思想。

《西行漫记》中译本的出版，首先得归功于胡愈之先生。一九三八年在"孤岛"上海，他见到斯诺，从他那里拿到国外寄来的《西行漫记》印样,胡愈之阅读后,即认为应当把这部著作介绍给中国读者,于是组织了十三位译者合译,于一九三八年出版,很快销售一空,短期内又重印了几版。同时还出版了《续西行漫记》。这两部书用复社名义出版。复社还出版了二十卷本《鲁迅全集》。当时出版这两部书,很需要一笔钱,都由愈之先生筹借。《鲁迅全集》和《西行漫记》的出版,在中国出版史上都值得大书特书。今天重印《西行漫记》,不仅是对中国人民老朋友斯诺的纪念,也是对愈之先生以及译者们的纪念。

《西行漫记》原名《红星照耀中国》,为了便于在国民党统治区发行,采用了较为隐晦的书名。读者拿到书看了才知道这是一部有关中国共产党和工农红军的书。我的这两本藏书《西行漫记》和《续西行漫记》曾经被许多朋友借去传阅。

一九七〇年斯诺夫妇来中国访问,国庆节应邀登上天安门城楼观礼。斯诺夫人在我收藏的《西行漫记》上签名留念,并赠我三张斯诺照片。

一九七二年斯诺逝世,遵照他的遗愿,骨灰安葬于他曾经任教的北京大学校园内。

重印本系依据一九三八年复社版影印,在装帧上也力求保持原书面貌,只是精装封面原用棉布,现在改用漆布。

斯诺夫人诺伊斯·惠勒·斯诺所著《尊严的死——在斯诺

生命最后的日子里》一书,中译本采用斯诺临终喊出的一句话:"我热爱中国"为书名。斯诺夫人认为这书名比原来的好。

胡愈之先生一九七九年为三联版《西行漫记》写的序言和《"我热爱中国"》一书,附录于本书。

"漂亮小玩意儿"
——《我的藏书票之旅》代序

我是个书迷,爱好藏书票,仅仅是爱好,涉猎成趣而已,说不上收藏与研究。

我之知道藏书票,早在三十年代,在一本文学期刊读到一篇题为《藏书票与藏书印》的文章,可能是叶灵凤写的,一下子就吸引住我。此后,随时留意有关藏书票的介绍,至今兴趣不减。但也仅止于此,不事收集。

中国人收藏书籍,加钤印记,由来已久。叶德辉《书林清话》一书就谈到明代藏书印。现代文人学者鲁迅、周作人、郑振铎、马隅卿等也都各有藏书印。书票则来自西方,据说早在十五世纪就开始制藏书票,到十九、二十世纪逐渐盛行,后来竟有人当作小型艺术品收藏。董桥在《藏书票史话》一文中说,英国维多利亚时代的人以喜欢"漂亮小玩意儿"(pretty things)出名,用剪贴簿收藏零零碎碎的小印刷品——藏书票。

我最早见到藏书票原票,是抗日战争时期在重庆上清寺旧书店买到一部商务印书馆出版的"万有文库"本《托尔斯泰传》(罗曼·罗兰著,傅雷译,民国二十四年版),书内除盖有国立中央大学藏书章,还贴了一枚单色印刷的藏书票,画有旭日与青松。

七十年代到香港,见到叶灵凤夫人,她给我看叶灵凤先生的遗物——他收藏的藏书票,有好几百张,且慨然相借,让我带到北京。我在人民出版社资料室展出这批藏书票,邀请朋友们来参观。现在我还保存当时拍摄的一张照片,郁风在仔细观看书票。展览藏书票,这在北京大概是头一回。

使我十分惊奇的是,叶先生的藏品中,竟然有我设计的一张藏书票。那是一九四六年在上海,我在读书出版社工作,社领导黄洛峰是个爱读书,并且鼓励职工读书的人,出版社不惜花钱买书供大家阅读。为此,我设计了一张"一斋图书馆"藏书票。已故的郑一斋先生和兄弟郑雨笙(易里)是读书出版社主要资助者,用"一斋"命名以示纪念。在这张藏书票上,有一行用拉丁化新字拼写的话:"人人都应当有书读。"不知道叶灵凤在香港如何得到这张藏书票的。

八十年代,北京成立中国版画藏书票研究会,兴起藏书票之风。研究会副会长郭振华赠送我一纸袋藏书票,多是原版套色拓印。作者为李桦、梁栋、莫测、梅创基、王叠泉诸家。此后,有关藏书票的图册、专著一本一本出版,多了起来。而藏书票的实用性却日趋淡化,创作藏书票似乎是为了艺术欣赏。本来,票跟书是不能分离的,从一张书票可以看出藏者对书的一份亲切的感情,窥见书主的内心世界,仿佛闻到书香。失去了这一层，藏书票就名不副实了。这可能与印制书票不便有关。听说在国外有专供个人印刷书票的工具出售，我至今未见到过。

我最早见到的藏书票刊物，是一九三三年日本兵库县小塚省治氏编刊的《藏票趣味》(*ZOHYO SHUMI*)。这是一份用蜡纸刻印的小刊物，每期只有十页，却贴有六枚设计者或票主提供的藏书票。其中一期贴有叶灵凤书票，即在繁花中栖一凤凰的那张，是他自己设计的。

这一刊物我只见到几期，现在大概在日本都难以觅见了。

我有幸得到几位作家签名赠送的藏书票，十分珍贵。签赠者为巴金、施蛰存、戈宝权、赵瑞蕻、曹辛之、董桥。吴兴文兄曾以现居美国的王惠民教授所制的藏书票赠我，也是上品之作。如今宝权、瑞蕻、辛之几位都已仙去，睹票思人，往事种种都到眼前。

一九九五年赵瑞蕻先生赠送我的一张书票，附有详细的说明，可见书票之设计颇合他的心意。说明文字如下：

> 赵瑞蕻侧面木刻头像。头发上（左边）有一只海鸥在飞翔，头发仿佛是流云，又像海浪。右边是东海瓯江口。有一个诗人伸出双臂，面对波涛，引吭高歌。右下角是一只古典帆船。左下角是江苏画院著名画家黄养辉教授所赠的"赵瑞蕻藏书印"一方。脸下部是拉丁文 EX LIBRIS（某

人藏书之意)。上边顶端是德文 *Dichtung und Wahrheit*(诗与真),原是歌德自传的书名。左边上是英文 *Sweetness and Light*(甜蜜与光明),原是十九世纪英国马修·阿诺德(M. Arnold)名著《文化与政府》一书中的篇名,他又引自十八世纪英国作家斯维夫特(Swift)的名作书籍之传说蜜蜂能产蜜(甜),又制蜡带来光明。右边上是法文 *Le Rouge et le Noir*(红与黑)。这三样是我一生所探索追求的,也可概括文学艺术的创造,人生的道路,在不断斗争中,奋勇前进。

票如其人。一张藏书票包含如许内容,思想、情操、追求,令人神驰,堪可玩味。

我与吴兴文兄因藏书票而相识,他从台北来北京,曾两次到舍下,给我欣赏他收藏的藏书票,有的还是刚从伦敦收集、以高价购得的,都属精品珍品。并赠送我他编著出版的有关藏书票的专著:《票趣》(一九九四)、《图说藏书票》(一九九六)、《藏书票世界》(一九九七)。三联书店将出版他的新著《我的藏书票之旅》,命我作序。我只能拉拉杂杂谈些与藏书票的交道。我们还是跟吴兴文到藏书票世界去漫游吧。"漂亮小玩意儿"!

二〇〇〇年十一月

风景这边独好
——钟芳玲的《书店风景》

一九九九年三联书店出版一本《书店风景》。作者钟芳玲，一个以读书、编书、买书、卖书、藏书、教书与写书为工作与志趣的女士，曾任台湾出版社总编辑、出版顾问、书店创意总监等职，现专事写作，为台湾、大陆的报刊撰写过与书相关的专栏。一年约三分之一的时间在国外旅行，为的是逛书店、寻书，和书店主人聊书。

我十分喜爱这本书。因为我也是一个"书迷""书痴"。年轻时也以逛书店、访书、买书为乐，更高兴与书店店主、职员交朋友。如今年老了，心有余力不足，逛书店的时候越来越少，有一种失落感。

看了钟芳玲女士的这本书，仿佛跟随她走进世界上各种类型的书店，可谓同好知己，虽然我们至今从未谋面。

去年得知《书店风景》出了增订新版，写了一篇小文，托挚友台湾《中国时报》主笔李瑞月（季季）女士换得稿费购买此书，很快书就带到北京。

新版《书店风景》内容，图片和文字都做了大幅度的增补。作者说:"一本书的再版,并不见得只是新瓶装旧酒般的一成不变,它在内容与编排上都可以是一次充满挑战与惊喜的再创作。"

《书店风景》第一章为"地标书店"。所谓"地标书店"是指在一个城市里极具知名度的书店,连一般旅游书也不得不介绍,观光客多半要一道参观。

在这一章,介绍了五家书店。巴黎的"莎士比亚书店"、纽约"高谈书集"与"史传德书店"、旧金山的"城市之光书店",这几家书店虽然都是个体户经营的独立书店,却因拥有多彩多姿的历史背景而名闻遐迩。第五家为美国连锁书店中最具特色的一家——位于费城市中心的"博得书店"。钟芳玲写道:

"大概没有别的书店比'博得'更勤劳好客的了,每天早晨七点,'博得'就打开大门,让浓浓的书香和咖啡,招引众多的爱书人。许多上班族因此将早餐从自家的厨房,移到二楼靠窗的咖啡座,用简单的早点以及店中提供的英美书评,开启一天的生活,或者什么也不做,只是静静地澄清思虑,观照人生。""入夜后的美国市中心,通常随着退去的下班人潮,陷入一片死寂中,商店在六七点后,大都已经打烊,而'博得书店'却以通明的店面,继续服务顾客,直到十点止,许多爱书人或是无处可去的寂寥者,于是有了一个去处,可以流连到最后一刻。""'博得'之所以成为费城居民的新据点,不仅在于其独亮的灯火，更在于店中自然浮荡着一般安详可人的气氛，紧紧地抓住了顾客的脚步。在宽敞的空间（约四百坪），干净利落的陈设中，四处散布着舒适的桌椅，任人入座，安逸而不受拘束地阅读。爱书也懂书的店员，亲切而热心地服务顾客，提供各种咨询及帮助，省却顾客找书订书的麻烦。""没有华丽精致的门面，没有高不可攀、令人望而生畏的姿态，'博得'全然以一派书卷气，传达书籍卷册中本该有的书香。"

有的书店成为文人作家聚会之所。巴黎"莎士比亚书店"，一些作家在此高谈阔论，海明威、庞德、劳伦斯、苏俄导演爱森斯坦等人都是座上客。这使我想起三十年代上海北四川路底的内山书店，现在我们还可以在照片上看到，鲁迅先生在这家书店与几位青年木刻工作者亲切交谈。

上世纪七八十年代，三联书店、《读书》杂志曾举办"服务日"，每月一次，请作家、文化界人士、读者聚会，发布新书信息。后来中断，最近又恢复了。

第二章"主题书店"，即专业书店。世界各地的专业书店，可谓五光十色。

有关于饮食的，如德国法兰克福的"哈马斯饮食书店"，踏进这家书店，仿佛置身于一个书房与厨房混合体的空间，正中央摆着木质餐桌，一旁有个大烤炉，后面是吧台区域，然而却不见锅碗瓢盆，餐桌和烤炉上陈列的是各种图文并茂的食谱。

伦敦的"厨师书屋"成了厨师、老饕、餐饮评论家经常出没的地方，在这里不仅可以互换心得，还能从书中撷取灵感。如果说食物代表了物质面，书籍是精神的象征，那么"厨师书屋"无疑将两者做了巧妙的结合。美国费城"烹饪书摊"开在菜市场与食品店之间。来此购书的人倒不一定都为了下厨，由于烹饪书不乏图文并茂、印刷精美者，因此有一些人以搜集此类图书为乐趣。另外，食谱也是极受一般美国家庭欢迎的礼品书，难怪美国出版商敢以惊人手笔，每年平均推出七八百种烹饪书。有的烹饪书店的营业员竟然厨师打扮，别有风趣。

纽约有一家"爱狗人书店"，顾客一进门就会受到店主人和可爱的公关狗——一只黑色鬈毛猎犬的热情招呼。书店虽小，却有三千多种书，小说、非小说、童书、画册，凡是与狗有关以及所有犬类（如狐狸、豺狼等）相关的新书、绝版书及卡片、礼品，在这儿都可以看得到。

怎么会开这样一个书店？原来店主人曾养过的一条爱犬十五岁时离开了世界，主人觉得整个世界都变了，因此，在爱犬去世十周年（一九九四）时决定开一家狗书店，以兹纪念。狗书店的一角，总是备有一碗水、狗儿专用的维他命饼干以及店主亲手做的狗食，欢迎造访者带着爱犬来串门，让爱犬共享这些食物。

纽约"史传德书店"被封为世界上最大的二手书店，总藏量达两百五十万册，光店员就有二百人上下。每天平均卖出五千到一万本书，其中不乏十五世纪的稀世珍本。书店外墙写着"八英里长的书"（约十三公里长）。

费城有家"如何做书店"，"如何做"就是教你自己动手做。不过二十坪的"如何做书店"，却拥有两万五千册书，内容包罗万象，由日常性的各类考试、工作、健康指南和工艺手册（例如修车、装潢、编织、园艺等）到精神面的导引（例如如何快乐、如何自我心理治疗等），以及法律性的指引（例如如何离婚、写遗嘱、申请专利等）。长年坐镇店中的店主，欢迎顾客提出各类稀奇古怪的书单，并负责搜寻到底。

钟芳玲逛的书店，还有伦敦、洛杉矶的女性书店（以及女性杂志），是她特别偏爱寻找的。旧金山、西雅图的同性恋书店和图书馆，销售地图而闻名的芝加哥"蓝德麦克纳利书店"，洛杉矶"菩提树书屋"宗教书店，以及玄秘（侦探）书店、赌徒书店，五光十色。

《书店风景》第三章为旧书店——二手书店、古董书店。

对爱书人来说，在旧书店里寻宝，是件再愉快不过的事，在这里可以碰到一些绝版书。二手书，有些低廉到美金一元，有的可能是高达数百或数千美元。洛杉矶"遗产书店"，被誉为美国最佳的珍本书店，藏书中包括了许多极品，例如一本十三世纪中叶巴黎产的手抄本拉丁文《圣经》，羊皮书页，周围洒金，标价八万五千美元。达尔文的《物种起源》，虽然出版迄今只有一百五十年，但是价值已达两万五千美元。

附录介绍美国的超级书店和网络购书。

钟芳玲认为逛书店最过瘾的事，莫过于碰到气味相投的店主或店员，和他们煮酒论剑一番，或听他们口沫横飞地谈论自己喜欢的作品。著有《聚书的乐趣》，爱书成痴的纽顿曾说："世界上最有趣的是人，其次才是书。"对此，我有亲身体验。还是上小学的时候，我就爱逛书店。县城只有三五家小书店，我常常去看书，和一位姓贾的店员做了朋友。七十年后，他还不忘记我，带着家人从台湾来大陆看望我这个昔日小友。我曾经写过一篇题为《买书结缘》的文章讲这个故事。

读完《书店风景》，掩卷遐想，原来书店可以这么办。我愿推荐开书店的朋友一读此书，取点经。国情不同，不必模仿，但可以得到一些启发。

难以想象一个城市没有书店。但要使书店成为城市的一道风景，需要付出心血。诚如钟芳玲所说："书店之美一如山水，等待有心人的开发。"

二〇〇四年九月